어린이를 위한 **습관의 힘**

어린이를 위한 **습관의 힘**

1판 1쇄 펴냄 2013년 3월 5일
1판 3쇄 펴냄 2014년 11월 14일

지은이 이아연
그린이 유영근
편집 박경화, 최민경, 황설경, 이은영, 유나리
마케팅 송만석, 한아름

펴낸이 하진석
펴낸곳 참돌어린이

주소 서울시 마포구 독막로 3길 8
전화 02 - 518 - 3919
팩스 0505 - 318 - 3919
이메일 book@charmdol.com
신고번호 제313 - 2011 - 157호
신고일자 2011년 5월 30일

ISBN   978 - 89 - 97592 - 27 - 2 64800

어린이를 위한 습관의 힘

이아연 지음 • 유영근 그림

 참돌어린이

사람들은 새해에 많은 결심을 해요.

"올해에는 늦잠 자는 습관을 고쳐야지."

"올해에는 한 달에 책을 한 권 이상 읽겠어."

하지만 새해의 결심은 그리 오래가지 않아요. 어느새 늦잠을 자고, 책은 거들떠보지도 않는 자신을 발견하게 됩니다.

결심은 왜 이토록 지키기 어려울까요? 오랜 시간 반복되는 동안 습관이 된 행동은 쉽게 고쳐지지 않기 때문이에요. 습관을 바꾸려면 우선 그 습관이 왜 생겼는지 살펴봐야 해요.

늦잠을 자는 이유는 밤늦게까지 텔레비전을 보기 때문이고, 시간을 제대로 관리하지 않기에 독서할 시간이 부족할 수 있어요. 이렇게 저마다의 원인을 찾아낸 후에야 나쁜 습관을 몰아낼 수 있답니다.

이유를 알았다면 이번에는 그 습관을 대신할 좋은 습관을 세우도록 하세요. 단, 서두르지는 마세요. 처음부터 거창한 목표를 세우면 새로운 습관에 익숙하지 않아 금세 지치고 포기하기 쉬우니까요.

좋은 습관을 갖기 위해서는 자신을 조금씩 변화시켜야 해요. 평소에 밤 12시쯤 잠자리에 들었다면 30분 정도 취침 시간을 앞당겨 11시 30분에 잠드는 거예요. 만약 하루에 10분씩 책을 읽었다면, 한 번에 두세 시간으로 늘리기보다는 20분 정도만 늘리는 것이 실천하기 쉽겠지요?

중요한 것은 결심이 아니라 실천입니다. 사소한 변화라도 결심한 것을 꾸준히 실천하다 보면 좋은 습관을 지닐 수 있어요.

이 책에서 만날 알베르트 아인슈타인, 넬슨 만델라, 정약용 등은 태어날 때부터 뛰어난 사람이 아니에요. 그들은 좋은 습관을 들이기 위해 노력했고, 그것을 바탕으로 자신의 분야에서 노력한 위인이랍니다.

"성격이 바뀌면 습관이 바뀌고, 습관이 바뀌면 운명이 바뀐다."라는 말이 있어요. 사소한 습관 하나가 우리의 인생을 바꿀 수도 있다는 뜻이에요.

지금 여러분은 어떤 습관을 지니고 있나요? 좋은 습관을 통해 더 행복한 삶을 맞이할 준비가 되었나요? 그렇다면 지금부터 습관이 지닌 위대한 힘을 만나 보세요!

초록으로 물들 봄을 기다리며

이아연

차례

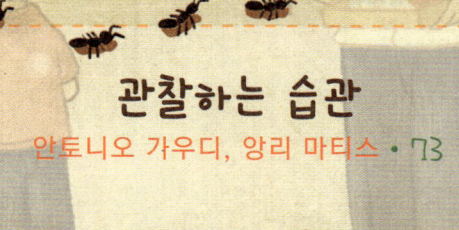

실패를 인정하는 습관

잭 웰치는 석유와 가스, 항공, 금융 서비스 등 다양한 사업을 하는 제너럴 일렉트릭(GE)을 이끌었던 경영인이에요. 그는 최연소 최고 경영자(CEO)로 회사에 부임해 GE를 세계 최고의 기업으로 성장시켰어요. 그는 미국에서 '경영의 달인', '세기의 경영인' 등으로 불리며 많은 사람의 존경을 받았답니다.

잭 웰치는 자신의 성공 비결로 '실패를 인정하는 습관'을 꼽았어요. 그에게 이러한 깨달음을 준 사람은 다름 아닌 어머니였습니다.

잭 웰치가 고등학생＊때의 일이에요. 그는 세일럼 고등학교에서 아이스하키 팀의 주장을 맡고 있었어요.

"자, 이제 경기가 얼마 안 남았어. 다들 연습 열심히 하자!"

"네!"

잭의 말에 선수들은 기운차게 대답했어요. 잭은 곧 있을 경기에 온 힘을 쏟았어요.

잭이 사는 지역의 이웃 도시에는 베벌리 고등학교가 있었어요. 세일럼과 베벌리의 아이스하키 팀은 경쟁 관계에 놓여 있었지요. 잭이 팀의 주장을 맡은 이후로 베벌리와 여섯 번의 경기를 치렀는데, 세일럼은 한 번도 이긴 적이 없었어요.

'이번에 또 지면 응원해 준 친구들 앞에서 얼굴을 들 수 없을 거야.'

잭은 주먹을 불끈 쥐고 각오를 다졌어요.

드디어 베벌리와의 시합이 열렸어요. 각 팀의 선수들이 경기장에 입장했어요.

"세일럼 이겨라!"

세일럼 고등학교의 학생들이 목 놓아 소리 질렀어요. 이에 질세라 베벌리 고등학교의 학생들도 힘내서 응원했어요.

"베벌리 이겨라!"

각 팀 학생들의 응원으로 경기장은 뜨겁게 달아올랐어요.

호루라기 소리와 함께 경기가 시작되었습니다. 곧 잭은 상대 팀의 허점을 발견했어요.

'이때다!'

그는 눈을 반짝이며 상대 선수들을 제치고 골을 넣었어요. 세일럼 고등학교의 학생들은 신이 나서 잭을 향해 휘파람을 불었어요. 이에 용기를 얻은 잭은 기회를 노려 베벌리 팀보다 먼저 두 골을 넣을 수 있었습니다. 그는 미소를 지으며 생각했어요.

'좋아, 이번에는 이길 수 있겠어.'

하지만 잭의 미소는 오래가지 못했어요. 시간이 흐르면서 잭의 예상이 빗나가기 시작했지요. 후반전에서 상대 팀 선수들이 두 골을 넣더니 시합 종료를 알리는 호루라기를 불기 전에 한 골을 추가로 더 넣은 거예요.

세일럼을 응원하던 학생들은 흥분하며 야유를 보냈어요.

"7연패라니! 세일럼은 부끄러운 줄 알아라!"

경기에서 진 선수들은 모두 고개를 숙이며 탈의실로 돌아왔어요. 여러 사람 앞에서 창피를 당하고 화가 잔뜩 난 잭은 아이스하키 스틱을 바닥에 내던졌어요.

"너 지금 뭐하는 거니?"

마침 탈의실에서 잭을 기다리고 있던 어머니가 그 광경을 보고 말

했어요. 잭은 화가 풀리지 않아 계속 씩씩거렸어요. 어머니는 선수들의 얼굴에서 실망한 기색을 읽었지요.

"경기에서 계속 지니까 화가 나니?"

어머니의 질문에 대답하는 사람은 아무도 없었어요. 그러자 어머니는 더 큰 목소리로 말했어요.

"지는 법을 알아야 이길 수도 있는 거란다. 이러한 사실을 모른다면 너희는 모두 운동할 자격이 없어."

절망에 빠져 있던 선수들은 그제야 고개를 들고 잭의 어머니를 쳐다보았어요. 잭 또한 어머니의 말에 부끄러움을 느꼈습니다. 그는 자신이 던졌던 스틱을 주워 들었어요.

잭 웰치는 성공한 경영인이었지만 그렇다고 사업에서 늘 승승장구한 것은 아니었어요. 그 역시 숱한 실패를 겪었지요.

1990년대에 그는 여러 회사에 투자했다가 투자금의 90퍼센트를 잃고 말았어요. 그뿐만 아니라 퇴임한 해인 2001년에는 중요한 사업에서 실패하는 바람에 주위 사람들에게서 원망의 소리를 듣기도 했어요.

하지만 그는 실패를 맛볼 때마다 고등학교 시절, 패배를 경험하고 좌절한 아이스하키 팀에게 어머니가 해 주신 이야기를 떠올리곤 했어요.

"지는 법을 알아야 이길 수도 있는 거란다."

그 말을 떠올릴 때마다 잭 웰치는 오뚝이처럼 다시 일어설 수 있었답니다. 어머니로부터 실패를 인정하는 법을 배우고 이를 습관으로 만들었기 때문이지요.

시험을 보기만 하면 만점, 공을 던지기만 하면 골인, 복권을 사기만 하면 당첨……. 우리가 하는 일이 이처럼 늘 성공하기만 하면 얼마나 좋을까요?

하지만 현실은 그렇지 않아요. 분명 공부를 열심히 한 것 같은데 시험 성적이 좋지 않을 때도 있어요. 어디 그뿐인가요? 공을 아무리 던져도 골대 안에 정확히 넣는 것은 쉽지 않아요.

그런데 여러 번의 실패가 한 번의 성공보다 낫다고 한 사람이 있어요. 대체 어떻게 실패를 긍정적으로 받아들일 수 있는 걸까요? 그는 다음과 같은 말을 남겼답니다.

"실패는 성공의 어머니."

이 말을 남긴 위인은 바로 위대한 발명왕으로 꼽히는 토머스 에디슨이에요. 에디슨 역시 잭 웰치처럼 실패를 경험해야만 진정한 성공을 얻을 수 있다고 믿었어요.

에디슨이 백열등의 필라멘트를 발명할 때의 일이에요. 에디슨은 90가지의 재료를 가지고 실험을 해 보았지만 번번이 실패를 맛보았어요. 어느 날, 그의 곁을 지키고 있던 조수가 한숨을 쉬며 말했어요.

"선생님, 우리가 이제껏 쓴 방법은 모두 실패했습니다. 벌써 90번이나 실패한 것을 보면 필라멘트를 발명하는 일은 불가능한 것 같아요. 여기서 그만두는 게 어떨까요?"

그러나 에디슨은 조수의 제안에 고개를 가로저으며 말했어요.

"자네는 이것이 왜 실패라고 생각하나?"

"실패가 아니면 무엇인가요?"

에디슨은 조수에게 차근차근 말했어요.

"우리는 실패한 게 아니야. 이것은 필라멘트를 만들 수 없는 재료 90가지를 알아낸 아주 성공적인 실험이었지."

2,399번의 실패를 거친 에디슨은 2,400번 만에 드디어 전류를 통해도 타지 않고 빛을 내는 필라멘트를 만드는 데 성공했답니다. 그가 이 실험에 성공하기까지 실패를 경험하며 버린 쓰레기 더미가 무려 2층 건물의 높이였다고 하니 정말 대단하지요?

누구나 실패가 반복되면 좌절하고 포기할 수 있어요. 하지만 실패는 성공하기 위한 당연한 과정입니다. 실패를 두려워하지 마세요. 실패는 자연스러운 배움의 과정일 뿐이에요. 에디슨의 말처럼 누구에게나 성공하기까지 2,400번의 기회가 있다는 사실을 명심하세요.

실패를 인정하고 이겨 내는 습관을 갖는다면 여러분은 모든 일에서 성공할 수 있을 거예요. 원하는 것을 이루지 못했을 때에는 다음의 몇 가지를 기억해 보면 어떨까요?

❀ 자신의 실수나 실패를 떳떳이 인정하고 공개하세요

사람들은 실패하면 일단 숨기기에 급급해요. 성공하지 못했다는 사실 자체가 부끄럽고 창피하게 느껴지기 때문이에요.

다른 사람들에게 들키지 않았다고 해서 결과가 달라지지는 않아요. 겸허하게 실패를 인정하고 받아들여 보세요. 자신의 실패를 객관적으로 바라볼 수 있게 되고, 스스로 원인을 찾아낼 수도 있을 거예요.

❀ 실패의 공포에서 벗어나세요

실패를 두려워하는 사람은 아무것도 이루어 낼 수 없어요. 실패를 겪어 봐야만 실패의 두려움을 극복하는 법도 배울 수 있답니다.

한 번도 실패하지 않았다는 말은 곧 새로운 일을 전혀 시도하고 있지 않다는 신호이기도 해요. 경험을 통해서 실패가 무서운 것이 아님을 알게 되면 비로소 앞으로 나아가고자 하는 용기가 생긴다는 사실, 잊지 마세요.

✿ 같은 실수를 반복하지 마세요

실패의 장점은 똑같은 실수를 반복하지 않게 된다는 것이에요. 실패가 고통스러울수록 더욱 조심해서 같은 일이 일어나지 않도록 주의하기 때문이지요.

실패에서 교훈을 얻고 성장하는 것이야말로 실패를 인정하는 습관의 핵심이랍니다. 실패에서 그치는 것이 아니라, 같은 실수를 되풀이하지 않는 기회로 삼아 보세요.

이렇게 적용해요!

다음 질문을 읽고 여러분의 생각을 적어 보세요. 실패를 만났을 때 자신이 어떻게 대처하는지 스스로 돌아보며 반성할 수 있을 거예요.

최근에 어떤 실패를 경험했나요?

그 실패를 인정하고 받아들였나요?

실패의 공포에서 자유로워지기 위해서 어떻게 해야 할까요?

한 번 실수하고도 같은 실수를 반복한 적이 있다면 왜 그런 것이었을까요?

경청하는 습관

　글을 읽지 못하는 가난한 부모 밑에서 태어나 제대로 교육받지도 못하고 자란 소년이 있었어요. 그는 혼자서 공부한 끝에 시골의 변호사가 되었고, 머지않아 국회의원이 되었어요. 시간이 흐른 뒤 미국의 16대 대통령이 된 그는 남북 전쟁을 승리로 이끌고 노예 제도를 폐지했답니다. 미국 화폐인 1센트짜리 동전에 그려져 있는 이 사람은 누구일까요?

　바로 미국인이 가장 존경하는 사람으로 꼽히는 에이브러햄 링컨이에요. 그는 미국의 위대한 대통령이자 가난과 수차례의 실패를 딛고 일어선 성공 신화의 주인공이지요.

후세 사람들은 가난하고 제대로 교육받지도 못한 링컨이 대통령이 될 수 있었던 가장 큰 이유가 무엇인지 다양한 분야에서 연구해 보았어요.

어떤 사람은 링컨의 근면하고 성실한 면을 꼽기도 했고, 또 다른 사람은 정직한 성품을 꼽기도 했죠. 하지만 대부분은 링컨의 성공 원인을 그의 '경청하는 습관' 덕분이라고 생각했어요.

1860년 10월에 있었던 일이에요. 링컨은 미국 대통령 후보 중 한 명으로 활발한 선거 유세를 펼치고 있었어요.

"여러분의 한 표가 저에게는 큰 힘이 됩니다. 저를 도와주십시오."

"링컨! 링컨!"

링컨의 지지자들은 그의 연설에 환호성을 지르며 손뼉을 쳤어요.

링컨은 다른 정치인과 달리 불행한 과거를 이겨 내고 성공한 사람이었기에 많은 시민의 지지를 받았습니다. 그런데 이상하게도 유독 여성들에게만큼은 인기가 없었어요. 링컨과 링컨의 지지자들도 늘 그 이유를 궁금해했지만 단서를 찾을 길이 없었지요.

그러던 어느 날, 링컨의 집으로 편지 한 통이 도착했어요. 링컨의 비서가 링컨에게 편지를 건네며 말했어요.

"링컨 후보님, 이 편지 좀 읽어 보세요."

그 편지는 어느 시골 마을에 사는 한 소녀가 쓴 것이었어요.

'링컨 후보님, 후보님의 얼굴은 너무 홀쭉해요. 게다가 마르기까지 하셔서 볼이 움푹 패었잖아요. 그래서 얼굴이 무서워 보이는 것 같아요. 만약 수염을 기른다면 지금보다 인상이 훨씬 부드러워질 거예요.'

자리에 있던 모든 사람은 링컨이 대통령이 되길 바라며 편지를 썼을 소녀의 마음 씀씀이에 감동했어요. 하지만 그렇다고 해서 갑자기 새삼스럽게 수염을 기를 수는 없었지요. 링컨은 소녀에게 다음과 같이 답장을 썼어요.

'꼬마 아가씨, 편지 정말 고마워요. 하지만 그렇다고 해서 갑자기 수염을 기르면 혹시 우스워 보이지 않을까 걱정이 되네요.'

그해 겨울, 링컨은 대통령에 당선되었어요. 기쁨에 차서 백악관으로 향하던 링컨은 문득 자신에게 편지를 써 주었던 소녀가 사는 마을을 지나고 있다는 사실을 알게 되었어요. 그는 소녀를 생각하며 마을에 잠시 머무르기로 했습니다.

편지를 썼던 소녀도 대통령이 온다는 소식에 기뻐하며 정거장으로 나갔어요. 하지만 이미 정거장은 대통령을 보러 온 사람들로 가득 차

있었어요. 키가 작은 소녀는 아무리 까치발을 해도 대통령의 얼굴을 볼 수 없었어요. 대신 연설을 시작한 링컨의 목소리는 들을 수 있었습니다.

"이 마을에 나와 편지를 주고받은 소녀가 있습니다. 그 소녀가 제게 아주 좋은 충고를 해 주었습니다. 덕분에 못생긴 제 얼굴이 조금 나아진 것 같습니다."

소녀는 가슴이 쿵쾅거렸어요. 링컨이 연설에서 자신의 이야기를 하고 있었기 때문이에요.

"만일 이 자리에 그 소녀가 있다면 직접 만나서 이야기를 나누고 싶군요."

링컨은 소녀의 이름을 불렀어요. 소녀는 떨리는 심장을 부여잡으며 손을 높이 들었습니다. 사람들은 소녀가 지나갈 수 있도록 길을 비켜 주었어요.

마침내 소녀는 대통령 앞에서 그의 얼굴을 똑바로 볼 수 있게 되었어요. 소녀는 대통령의 얼굴을 보자마자 환하게 웃었습니다. 소녀가 제안한 대로 링컨이 두 뺨과 턱에 수염을 길렀기 때문이지요.

이렇듯 링컨은 어른뿐만 아니라 아이의 말 한마디라도 놓치지 않기 위해 애썼습니다. 이러한 '경청의 습관'이 그를 성공의 길로 이끌었던 거예요.

링컨은 젊은 시절부터 자세가 구부정했어요. 링컨은 193센티미터나 되는 큰 키를 가지고 있었기에 다른 사람과 대화를 하려면 몸을 구부려야 했어요. 시간이 흐를수록 링컨은 사람들의 이야기에 귀를

기울여야 할 때가 많았고, 사람들과 대화할 때마다 상대방을 향해 몸을 구부리다 보니 자세가 굳어진 거예요. 그는 대통령이 되어서도 구부정한 자세로 사람들의 말을 경청함으로써 온 국민의 사랑을 받았답니다.

위인의 습관 따라잡기

좋은 인간관계는 서로의 의사소통이 원활하게 이루어지는 관계예요. 하지만 사람들은 대화할 때 상대방의 말을 들어주기보다는 자신의 이야기만 하고 싶어 하지요.

"잠깐, 나 할 얘기 있는데."

"아니, 내 말부터 좀 들어 봐."

대화는 양쪽에서 서로 오가야 하는데 한쪽에서만 일방적으로 말을 하게 되면 의사소통이 제대로 되지 않아요. 의사소통이 되지 않으면 상대방에 대해 잘 알 수 없게 되지요. 그러다 보면 나와 그 사람 사이에는 거리가 생기게 됩니다. 사랑하는 가족이나 친구에 대해 더 알고 싶다면 무엇보다 경청하는 습관을 지녀야 해요.

에이브러햄 링컨만큼이나 유명한 경청의 대가가 또 있어요. 바로 토크 쇼의 여왕이라고 불리는 오프라 윈프리예요. 그녀는 흑인, 미혼모, 비만, 여성이라는 여러 가지 편견을 딛고 일어서 차별받는 사람들에게 희망을 주었어요.

오프라는 자신을 이렇게 평가하곤 했어요.

"저는 말을 잘하는 사람이 아니라 다른 사람의 말을 잘 들어주는 사람입니다."

오프라는 자신의 이름을 딴 '오프라 윈프리 쇼'에 출연한 사람들로부터 감동적이고 진솔한 이야기를 끄집어냈어요. 이들의 사연은 전 세계 1억 명의 시청자에게 고스란히 전달되었고, 사연의 주인공뿐만 아니라 이야기를 들은 시청자들까지 새로운 꿈과 희망을 품게 되었습니다.

기자들이 오프라에게 쇼의 성공 비결을 묻자, 그녀는 이렇게 대답했어요.

"저는 그저 쇼에 나온 사람의 말에 흠뻑 빠져서 공감하고 박자를 맞추었을 뿐이에요."

　오프라의 말처럼, 경청이란 상대의 마음을 읽고 상대의 마음에서 울리는 내면의 소리를 듣는 거예요. 우리는 경청을 통해 상대방의 호감을 살 수 있을 뿐만 아니라 상대방에 대해 몰랐던 부분도 알게 돼요. 또 그에 따라 서로 간의 벽도 허물 수 있게 됩니다. 경청만큼 사람을 이해하기 쉬운 방법도 없어요.

　물론 경청하는 습관은 하루아침에 생기지 않아요. 다음의 방법을 조금씩 실천해 나가며 경청을 연습하고 습관화하면 도움이 될 거예요.

✿ 상대방과 눈을 맞추고 이야기하세요

　대화를 하는 동안 상대방과 눈길을 마주치는 것이 어색해서 눈을 내리깔거나, 시선을 어디에 두어야 할지 몰라 엉뚱한 곳을 바라본 적이 있나요? 이런 태도는 나에게 이야기하는 상대방을 무안하게 하는 행동이에요.

경청의 첫걸음은 눈 맞춤이랍니다. 상대방과 눈을 맞추고 이야기를 들어 보세요. 상대의 눈과 얼굴을 바라보고 귀를 기울이면, 말하는 사람은 자신에게 집중해 주는 것이 즐거워 더 편안히 이야기할 수 있어요. 또한 경청하는 과정에서 사람은 입뿐만 아니라 눈과 표정을 통해 훨씬 더 많은 말을 한다는 사실도 깨달을 수 있을 거예요.

✿ 말을 자르거나 중간에 끼어들면 안 돼요

친구나 부모님의 이야기를 듣다 보면 나도 모르게 지루해서 하품이 나고 다른 이야기가 하고 싶어질 때가 있어요. 그렇다고 해서 상대방의 이야기가 아직 끝나지도 않았는데 중간에 끼어들어 말을 자르면 상대방은 어떨까요? 처지를 바꾸어 생각해 보면 금방 알 수 있을 거예요. 말하던 사람은 무시당한 느낌이 들어 기분이 좋지 않겠지요.

상대방이 이야기를 끝내기 전에는 함부로 끼어들어 말을 끊거나 주제를 바꾸지 않도록 주의하세요. 아무리 재미가 없더라도 상대방이 끝까지 마음 편하게 이야기할 수 있도록 배려해 주세요. 그렇게 조금만 기다리면 어느덧 상대방은 자신의 이야기를 경청해 준 여러 분에게 감사의 미소를 보여 줄 거예요.

✿ 적절한 반응과 질문이 필요해요

여러분이 누군가에게 이야기를 하고 있다고 상상해 보세요. 처음 부터 끝까지 상대방이 가만히 듣기만 할 뿐 아무런 반응을 보이지 않 는다면 어떤 기분이 들까요?

'이렇게 열심히 이야기했는데 궁금한 점이 하나도 없나?'

'지루해서 다른 생각을 하는 건 아닐까?'

이런 생각이 들지도 몰라요. 아무리 중요하거나 좋은 이야기라도 처음부터 끝까지 혼자서만 이야기하면 흥이 나지 않을 거예요.

이야기를 듣는 사람이 중간중간 질문을 하거나 고개를 끄덕이며 맞장구를 치면 말하는 사람은 자신이 존중받고 있음을 느낄 수 있어 요. 적절한 순간에 하는 질문은 이야기를 주의 깊게 경청하고 있다는 것을 증명해 주는 확실한 증거랍니다.

남의 말을 잘 듣는 연습을 해 보세요. 다음 질문에 답을 하며 나의 경청 태도를 돌아보고, 상대방의 말을 경청하는 훈련을 하다 보면 어느새 에이브러햄 링컨이나 오프라 윈프리와 같은 경청의 달인이 되어 있을 거예요.

누구의 말을 경청했나요?

그 사람의 말에 진심으로 공감하며 경청했나요? 어떤 기분이 들었나요?

상대방이 말을 하는 도중에 끼어들거나 다른 생각을 하지는 않았나요?

만약 그랬다면 상대방의 반응은 어땠나요?

경청하는 도중에 적절한 질문을 하거나 반응을 보였나요? 그랬을 때 상

대방의 반응은 어땠나요?

경청을 마친 뒤 나와 그 사람의 관계는 어떻게 변했나요?

메모하는 습관

미래 전사와 사이보그 터미네이터의 대결을 그린 〈터미네이터〉, 우주에서 온 외계 생명체들과 싸우는 사람들의 이야기 〈에일리언〉, 미지의 생명체에 인간의 의식을 주입해 자원 전쟁을 벌이는 〈아바타〉까지. 전 세계 많은 사람에게 사랑을 받은 이 세 편의 영화를 만든 사람은 할리우드에서 공상 과학 액션 영화를 가장 잘 만드는 감독으로 알려진 제임스 카메론이에요.

제임스 카메론은 언제 어딜 가든 주머니에 항상 작은 메모지를 넣고 다녀요. 매일 틈틈이 메모지에 자신이 만들고 싶은 영화의 배경이 될 만한 그림을 그리고 소재를 적곤 하지요. 제임스의 이러한 메모

습관은 청년 시절부터 계속 이어진 것이랍니다.

가난했던 청년 제임스는 낮에는 대학에 다니고 저녁에는 일을 했어요. 어느 날, 같이 일하던 사람이 그를 부르더니 이렇게 말했어요.

"자네는 일하는 도중에 뭘 그렇게 적는 건가?"

그는 제임스의 행동이 못마땅했던 거예요.

"아, 마침 생각난 것이 있어서 기록하고 있었습니다."

"집에 돌아가서 적어도 되지 않나?"

그러자 제임스는 단호하게 말했어요.

"지금 메모해 놓지 않으면 정말 중요한 것을 까맣게 잊어버릴지도 모릅니다."

이처럼 확고하게 자리 잡은 제임스의 메모 습관은 영화감독이 된 후에도 여전히 그의 곁을 떠나지 않았습니다.

1982년 어느 봄날, 로마로 출장을 온 초보 영화감독 제임스는 병에 걸려 앓아눕게 되었어요. 몸이 쑤시고 열이 계속 나서 수차례 기절할 정도로 병세가 심각했지요.

당시 제임스는 영화사에서 해고를 당한데다가 로마에 아는 사람이 한 명도 없는 상태였어요. 게다가 가진 돈을 다 쓰는 바람에 당장 호텔에서 나가야 했고, 병원에도 갈 수 없었어요. 심지어는 먹을 것이 없어 호텔에서 남이 먹다 남긴 수프를 먹어야 했습니다.

시간이 갈수록 제임스의 병세는 심각해졌어요.

'이러다가 정말 죽을지도 모르겠군……'

그는 이런 생각을 하며 가까스로 잠이 들었고, 곧 꿈을 꾸기 시작했습니다.

누군가 제임스를 쫓아오고 있었어요. 한참 뛰던 그는 뒤를 돌아보았어요.

"으악! 저게 뭐야?"

그의 뒤를 쫓는 것은 팔과 다리가 없는 조각상이었어요. 그는 기지를 발휘해 조각상을 함정에 빠뜨린 후 그 안에 폭탄을 던졌어요. 하지만 조각상은 죽지 않고 살아나 제임스를 또 쫓아왔어요. 아슬아슬한 추격 끝에 결국 조각상이 그의 등에 올라타고 말았어요.

"안 돼!"

제임스는 땀을 뻘뻘 흘리며 깨어났어요. 그는 꿈의 내용을 다시 한 번 곰곰이 생각해 보았어요.

'이건 꼭 영화로 나와야 하는 이야기야.'

제임스는 주머니에서 메모지를 꺼냈어요. 여전히 열이 나고 어지러워 몸을 가누기도 어려웠지만, 꿈에서 본 조각상의 모습과 사건 등을 상세히 기록했어요. 수십 장에 걸쳐 메모를 한 제임스는 바로 정신을 잃고 말았습니다.

몇 시간 뒤 호텔 종업원이 제임스의 방문을 두드렸어요. 아무런 대답이 없자 종업원은 무슨 일이 있는 것을 감지하고 문을 열고 방으로 들어왔어요.

"아니, 이럴 수가! 손님, 정신 차려 보세요!"

기절한 제임스를 발견한 종업원은 깜짝 놀라 그를 흔들어 깨웠습니다. 제임스는 정신을 잃은 와중에도 메모지를 손에서 놓지 않았지요. 그 메모지에 기록된 이야기와 그림은 훗날 영화 〈터미네이터 2〉의 악당인 '미래 로봇 T-1000'의 모델이 되었답니다.

제임스 카메론은 메모의 중요성에 대해 이렇게 말하곤 했어요.

"좋은 아이디어를 떠올리는 사람은 수도 없이 많다. 하지만 사람의 기억력에는 한계가 있기 때문에 바로 적어 두지 않으면 잊어버리고 만다."

이러한 메모 습관 덕분에 그는 스쳐 지나갈 수도 있는 좋은 아이디어들을 놓치지 않았고, 참신하고 뛰어난 영화를 만들 수 있었던 거예요.

위인의 습관 따라잡기

　　〈모나리자〉와 〈최후의 만찬〉을 그린 화가로 잘 알려진 레오나르도 다빈치는 자신이 경험하고 관찰하는 모든 것을 메모했어요. 그는 30년 동안 수천 장에 이르는 메모를 통해 인체, 미술, 문학, 과학의 원리를 꼼꼼히 정리했어요. 그는 언제나 이렇게 말하곤 했습니다.

　　"기록은 기억보다 강하다."

　　우리는 하루에도 수많은 정보와 지식을 머리에 입력하고 처리하면서 의사를 결정하고 그에 따라 행동해요. 하지만 사람의 뇌는 한 번에 처리할 수 있는 정보량과 기억할 수 있는 용량이 한정되어 있어요.

　　사람들은 보통 들은 것 중 70퍼센트

이상을 하루 만에 잊어버리고, 일주일 안에 90퍼센트를 잊게 되지요. 더 많은 것을 기억하기 위해 뇌의 용량을 늘리는 방법은 없을까요? 메모를 하면 된답니다. 항상 메모하는 습관을 들이면 안심하고 잊어도 된다는 기쁨을 만끽하면서 두뇌를 창의적으로 쓸 수 있게 되지요.

제임스 카메론과 레오나르도 다빈치를 포함한 위인들이 그저 스쳐가는 기억을 잊지 않기 위해 메모를 한 것일까요? 만약 그것만이 아니라면 메모하는 습관이 꼭 필요한 이유는 무엇일까요?

✿ 메모를 통해 일상을 정리할 수 있어요

일정이 많고 바쁠 때는 크고 작은 일이 정리되지 않은 채 뒤섞여 있어 머릿속이 혼란스러워요.

"과학 숙제를 끝낸 후에 뭘 해야 하지? 미술 숙제? 아니면 국어 시험공부?"

아무리 고민해도 해결 방법이 떠오르지 않을 때가 있어요. 이럴 때는 차라리 해야 할 일들을 메모해 두고 잠시 머릿속을 정리한 후 다시 생각하는 편이 훨씬 효과적이에요.

"그래. 미술 숙제는 당장 뭘 그려야 할지 모르겠으니 일단 접어 두고 국어 공부를 먼저 하자. 그리고 공부하는 틈틈이 무엇을 그릴지 고민해 보자."

일정뿐만 아니라 마음에 걸리거나 신경 쓰이는 일이 있으면 무엇이든 메모해 보세요. 깔끔하게 정리하는 것도 좋지만, 낙서처럼 그냥 끄적이는 것으로도 충분하답니다. 이렇게 메모하다 보면 머릿속뿐만 아니라 복잡하게 얽혀 있던 일상도 정리되어 홀가분함을 느낄 수 있을 거예요.

✿ 메모를 통해 성취감을 느낄 수 있어요

하고 싶은 일을 메모해 놓은 뒤에, 그 일을 해냈을 때 하나씩 표시해 보세요.

"세뱃돈을 받으면 저금하자고 메모해 두었군. 오늘 저금했으니 표시해 놔야지."

사람들은 목표를 달성했을 때 뿌듯하고 기분이 좋아져요. 뿐만 아니라 해야 할 일로 빽빽하던 메모지가 해결한 일들로 하나씩 표시된 것을 보는 것만으로도 성취감을 느낄 수 있어요. 또한 나중에 메모한 내용을 다시 확인하면서 당시 일을 처리한 과정이나 결과를 점검할 수도 있답니다.

✿ 메모를 통해 나만의 백과사전을 만들 수 있어요

메모하는 것보다 중요한 것은 메모해 둔 내용을 얼마나 잘 활용할 수 있는지 여부랍니다. 활용되지 않는 메모는 그저 종이 위의 글자에 불과해요. 메모의 목적은 메모한 내용을 바탕으로 다른 무언가를 이끌어 내는 것이지요. 나중에 다시 보지 않으면 전혀 소용이 없어요.

책을 읽고 인상 깊었던 구절 혹은 공부할 때 중요하다고 생각되는 부분을 메모해 보세요. 나중에 독후감을 쓰거나 배운 것을 복습할 때 참고할 수 있어요. 이렇게 차곡차곡 메모가 쌓이면 다양한 지식이 가득 들어 있는 나만의 백과사전이 됩니다.

이렇게 적용해요!

　아래의 메모장에 이 책을 읽고 난 뒤의 느낌을 메모하며 훈련을 해 보세요. 메모에 익숙해지고 활용할 줄 알게 되면 여러분도 곧 '메모 왕'이 될 수 있을 거예요.

도전하는 습관

"한국 최초의 남성 디자이너!"

"1966년, 한국인 최초로 파리에서 패션쇼를 열다!"

"이집트 피라미드 앞과 캄보디아 앙코르와트에서 패션쇼를 열어 세계에 한국의 미를 알린 최초의 디자이너!"

디자이너 앙드레 김의 이름 앞에는 언제나 '최초'라는 수식어가 따라붙곤 합니다. 과연 어떤 습관이 그를 '최초의 디자이너'로 만들었을까요?

앙드레 김이 고등학교를 졸업하고 서울로 올라왔을 때의 일이에요. 그는 우연한 기회에 패션쇼를 관람하게 되었어요.

고운 색을 뽐내는 의상을 입은 모델들이 화려하게 등장할 때마다 앙드레 김은 무대에서 눈을 뗄 수 없었어요. 그는 예쁜 모델보다도 그녀들이 입은 옷의 선과 색감에 더욱 관심이 갔습니다.

'틀림없어, 이 길이 내가 가야 할 길이야.'

디자이너가 되기로 마음먹은 앙드레 김은 옷 가게에 취직했어요. 하지만 그가 할 수 있는 일이라곤 잔심부름뿐이었지요. 전문적으로 의상 디자인을 공부하지 않았다는 것이 이유였어요.

앙드레 김은 낮에는 가게 주인과 직원들이 옷을 만드는 과정을 지켜보며 디자인을 배웠고, 밤에는 디자인 관련 책과 잡지를 읽었어요.

'외국에는 이런 옷도 있구나. 한번 그려 봐야지.'

앙드레 김은 많은 시간 동안 혼자서 공부했지만 혼자서는 한계가 있었어요. 그에겐 스승이 필요했지요. 하지만 스승을 구하는 것도 쉽지는 않았습니다.

"감히 디자이너를 하겠다는 거야? 고등학교만 나온 주제에?"

한국에는 디자인 관련 대학을 졸업하거나 외국 유학을 다녀온 디자이너들이 이미 자리를 잡고 있었기에 고졸 출신의 앙드레 김을 제자로 받아 줄 사람이 없었어요. 게다가 그에게는 걸림돌이 하나 더 있었지요.

"당신은 남자잖아. 왜 여자가 하는 일을 빼앗으려 하지?"

외국에는 이미 유명한 남성 디자이너가 많았지만, 당시 한국에서 의상 디자인은 여자만의 직업이라는 인식이 강했거든요.

그는 사람들의 편견을 이겨 내기 위해 가슴속에 이 두 글자를 새겼어요.

'도전'

앙드레 김에게 디자인이란 인생을 건 도전과 같았어요. 시골에서 상경해 고등학교밖에 졸업하지 못한 남성이었지만, 이런 자신이 해낸다면 다른 사람들에게 충분히 용기를 줄 수 있으리라고 생각했지요.

그러던 어느 날, 앙드레 김은 자신에게 꼭 맞는 곳을 발견했어요.

"복장 학원? 의상 만드는 법을 가르치는 곳이라고? 이야, 여기야말로 내가 찾던 곳이야!"

그는 옷 가게에서 하던 일을 그만두고 복장 학원에 입학했어요. 학원의 유일한 남학생이었기에 모두가 신기한 눈으로 그를 쳐다보았지만, 앙드레 김은 전혀 기죽지 않았어요.

앙드레 김은 누구보다도 일찍 학원에 나와 공부했어요. 수업을 들을 때는 바른 자세로 앉아 눈을 반짝이며 열심히 경청했지요.

학원에서 가장 마지막에 나가는 사람 역시 앙드레 김이었어요. 복장 학원에서 학생들이 매일 실습을 했기 때문에 바닥은 늘 남은 헝겊과 실들로 더럽혀져 있었어요. 장학금을 받으며 학원에 다녔던 그는 늘 선생님과 친구들에게 고마운 마음을 가지고 있었지요.

'그래, 마음껏 공부하는 대신 청소는 내가 해야겠다.'

그는 학원을 깨끗이 쓸고 닦은 후에야 집으로 돌아가곤 했습니다. 하지만 친구들은 그의 정성을 곱게 봐 주지 않았어요. 하루는 한 학생이 그에게 물었어요.

"너 도대체 왜 그러는 거야?"

"무슨 뜻이야?"

"네가 깨끗이 청소한다고 해서 우리가 널 인정해 줄 것 같아?"

함께 공부하는 친구들이 자신을 무시하는 것이 속상했지만, 앙드레 김은 이 또한 넘어야 할 장애물에 불과하

다고 생각했어요.

1년 후, 도전하는 그의 습관이 마침내 반짝이기 시작했습니다. 앙드레 김은 '살롱 앙드레'라는 의상실을 열었고, 그해 12월 첫 패션쇼를 개최하며 한국 최초의 남성 디자이너로서 패션계에 데뷔하게 되었어요.

그 이후로 앙드레 김은 세계 각국에서 패션쇼를 열며 한국의 미를 알리기 시작했어요. 도전하는 습관이 그의 이름 앞에 '최초'라는 수식어를 붙게 했고, 결국 한국을 대표하는 디자이너를 만들어 낸 것입니다.

"마음만 먹으면 무엇이든 될 수 있다고 믿나요?"

실제로 한 기관에서 이러한 질문을 던졌을 때, 무려 95퍼센트의 어른들이 "아니오."라고 대답했어요. 아무리 노력해도 안 되는 건 어쩔 수 없다고 생각하기 때문이에요.

과연 어린이 여러분은 어떻게 대답할 건가요?

한 분야에서 성공하는 사람은 많지 않아요. 연예인, 축구 선수, 발레리나, 정치인 등 텔레비전을 통해서 볼 때는 성공한 사람이 많아 보이지만 사실 그들은 쉬지 않고 노력하는 수천, 수만 명 중 일부일 뿐이에요.

그들이 그 자리에 오른 것은 단순한 노력 이상의 무언가가 있었기 때문이에요. 바로 '도전하는 습관'이랍니다.

"간절히 원하면 이루어진다."라는 말이 있어요. 그렇다고 모든 것이 마음만 먹는다고 되는 건 아니에요. 때로는 실패하기도 하고, 시도하는 것 자체가 어렵기도 하지요.

'히말라야 16좌 완등'이라는 기록을 세운 산악인 엄홍길에게도 산을 오르는 것은 쉬운 일이 아니었어요. 그중 세계 최고의 산인 에베레스트는 특히나 험난한 목표였지요.

엄홍길은 1985년과 이듬해에도 에베레스트 등정에서 연이은 고배를 마셨어요. 하지만 그는 계속해서 도전했어요. 이것은 자신과의 싸

움이었어요. 그리고 드디어 세 번째 도전에서 성공을 거두었지요.

'목표를 향해 죽을 각오로 도전하면 안 되는 게 없구나!'

엄홍길은 도전하는 습관을 자신의 삶에 원동력이자 힘이라고 생각했습니다.

성공한 사람들도 처음에는 우리와 비슷한 존재였어요. 처음에는 누구나 서툴고 좌절하기 마련이지요. 다만 그들이 남과 다른 점이 있다면, 자신이 목표한 세계에 빠져들어 끊임없이 도전했다는 것이에요.

어린이 여러분도 도전하는 습관을 가져 보세요. 혹시 '내가 과연 할 수 있을까?'라는 생각이 드나요? 해 보지도 않고 어떻게 알 수 있나요? 미래는 아직 아무것도 정해지지 않았답니다. 실패해도 좋아요. 도전하는 그 자체가 여러분을 더 빛나게 만들어 줄 거예요.

아직도 두렵다면 이렇게 외쳐 보세요.

"나는 할 수 있다!"

이렇게 적용해요!

여러분이 도전하고 싶은 일의 목록을 만들어 보세요. 한 가지씩 체크하며 도전하다 보면 어느새 성공이 눈앞에 와 있을 거예요

도전하고 싶은 목록

1. _____

2. _____

3. _____

4. _____

5. _____

6. _____

7. _____

8. _____

9. _____

10. _____

배려하는 습관

여러분, 'UN'이라는 말을 들어 본 적이 있나요? UN은 국제 평화 유지와 국제 협력 달성을 목적으로 하는 국제기관이에요. 가난한 나라를 돕고, 전쟁 중인 나라를 화해시키려고 노력할 뿐만 아니라, 세계 곳곳의 차별받는 사람들과 아이들을 위해 힘쓰고 있답니다.

UN에는 세계 192개국이 가입되어 있어요. 그래서 UN의 수장인 사무총장을 '세계의 대통령'이라고 불러요. 그 자랑스러운 자리에 오른 사람이 바로 대한민국의 반기문 사무총장이랍니다. 그는 8대 UN 사무총장이 되어 세계 곳곳을 누비며 국제 사회의 평화를 위해 노력하고 있습니다.

반기문은 사무총장이라는 높은 자리에 올랐지만 여전히 상대방을 배려하는 겸손한 자세를 갖추고 있어 많은 사람의 존경을 받고 있어요. 그는 어릴 때부터 이 말을 가슴속에 새기며 살았습니다.

"베푸는 것이 얻는 것이다."

반기문이 열한 살 때의 일이에요. 체육 시간이라 반기문과 반 친구들은 모두 운동장에 나가 있었어요. 그런데 누군가 텅 빈 교실의 문을 "드르륵" 열고 들어왔어요.

'아무도 없겠지?'

문을 연 아이는 살금살금 교실로 들어와 맨 앞줄 책상에 걸려 있는 도시락을 하나를 몰래 훔쳤어요.

1960년대에는 대부분 가정이 가난했기 때문에 학교에 도시락을 싸 오지 못하는 학생이 많았어요. 그 아이 역시 배가 고픈 나머지 다른 친구의 도시락을 훔친 거예요.

도시락 안에 들어 있는 것은 밥과 김치뿐이었지만 무척 배가 고팠던 아이는 허겁지겁 도시락을 비우기 시작했어요. 그런데 마침 어느 선생님이 복도를 지나가고 있었어요. 비어 있어야 할 교실에서 소리가 나자 선생님은 교실을 들여다보았지요.

"너 지금 뭐하는 거니?"

도시락을 훔쳐 먹다가 들킨 아이는 깜짝 놀라 들고 있던 도시락 통을 떨어뜨리고 말았어요.

어느 정도 상황을 파악한 선생님은 아이가 가여웠지만 도둑질은 나쁜 것이기 때문에 혼을 내야겠다고 마음먹었어요.

"그 도시락은 네 것이 아니잖아. 배가 고프다고 남의 것을 함부로 훔치면 어떻게 하니? 그럼 그 도시락의 주인은 너 때문에 밥을 굶어야 하잖아."

겁이 난 아이는 아무런 대답도 하지 못한 채 눈물만 뚝뚝 흘렸어요.

그때 체육 시간이 끝나고 반 아이들이 교실로 돌아왔어요. 아이들은 선생님이 친구를 혼내는 모습을 발견했지요.

"선생님."

물끄러미 그 모습을 지켜보던 반기문이 갑자기 선생님을 불렀어요.

"그 도시락 제가 그 친구에게 먹으라고 준 거예요. 훔쳐 먹은 것이 아니에요."

도시락의 주인은 바로 반기문이었던 거예요. 반기문은 자신이 한 끼 굶으면 될 일로 친구가 혼나는 것이 싫었어요. 그래서 친구의 잘

못을 덮어 주고자 선의의 거짓말을 한 것이지요.

　이러한 마음을 눈치챈 선생님은 반기문의 의리에 감동해 더는 친구를 혼내지 않았어요.

　"그래? 선생님이 몰랐구나, 정말 미안하다. 기문이 넌 잠깐 교무실로 오렴."

　반기문은 선생님을 따라갔어요.

교무실에 도착한 선생님은 반기문의 눈을 바라보며 이렇게 말했어요.

"거짓말을 하는 건 잘못된 거야. 하지만 네가 배고픈 친구를 이해하고 배려한 점은 정말 칭찬하고 싶구나."

반기문은 자신의 도시락을 훔친 친구를 비난할 수도 있었음에도 베푸는 것이 얻는 것이라고 생각하며 따뜻한 배려를 보냈답니다.

그는 이후에도 배려하는 습관으로 많은 사람을 감동시켰고, 사람들은 그에게 감동을 넘어 깊은 신뢰를 느꼈어요. 덕분에 그는 세계적인 리더로 자리매김하게 되었습니다.

'배려'란 상대방의 입장을 먼저 헤아리고 보살펴 주려고 애쓰는 마음을 말해요. 배려가 좋은 것은 다들 알지만 대부분의 사람

은 다른 사람보다는 먼저 자신의 입장을 생각하기 마련이지요. 버스에 자리가 나면 서로 앉기 바쁘고, 누군가 내 물건을 망가뜨리면 화부터 내기 일쑤입니다. 사랑하는 가족끼리도 좋아하는 텔레비전 프로그램을 서로 보려고 종종 리모컨 쟁탈전을 벌이지요.

성공한 사람들은 어떨까요? 그들은 배려하고 배려받는 과정을 통해 성공할 수 있었습니다.

〈이삭 줍는 사람〉, 〈만종〉 등으로 유명한 프랑스의 화가 장 프랑수아 밀레도 따뜻한 배려를 경험한 덕분에 유명한 화가로 거듭날 수 있었어요.

무명 시절, 밀레는 작품이 팔리지 않아 가난에 허덕이고 있었어요. 그때 한 친구가 밀레를 찾아왔어요.

"여보게, 드디어 자네의 그림을 산다는 사람이 나타났다네! 내가 대신 돈을 받아 왔으니 어서 받게나."

친구는 밀레에게 300프랑을 건네고 그림을 가져갔어요. 밀레는 자신의 그림이 인정받고 비싼 값에 판매까지 되었다는 사실에 자부심과 희망을 품고 더 열심히 작품 활동에 매진했지요.

시간이 흘러 마침내 유명한 화가가 된 밀레는 자신의 첫 작품을 대신 팔아 준 그 친구의 집을 방문했어요. 그런데 이게 어떻게 된 일일까요? 누군가에게 300프랑에 팔았다는 자신의 그림이 친구 집 거실에 걸려 있는 것이 아니겠어요?

친구는 자신이 그림을 산다고 하면 밀레가 자존심에 상처를 입을까 봐 다른 사람인 척하고 그의 작품을 샀던 거예요. 밀레는 화가의 길을 계속 걸어갈 수 있도록 힘과 용기를 주었던 친구의 배려에 감동을 받아 눈물을 글썽였어요. 그리고 이후 밀레 역시 남을 배려하는 사람이 되기 위해 노력하며 살게 되었답니다.

다른 사람을 배려하는 습관 덕분에 세계적인 지도자가 된 반기문, 친구의 배려로 위대한 화가가 된 밀레의 이야기를 들으니 어떤 느낌이 드나요? 배려하는 습관은 나에게도 좋은 것이지만 다른 사람에게도 큰 영향을 끼치고 긍정적인 변화를 일으킬 수 있답니다.

나 자신뿐만 아니라 다른 사람들에게도 큰 행복을 가져다줄 수 있는 따뜻한 습관, 바로 배려하는 습관입니다. 과연 어떻게 하면 배려하는 습관을 기를 수 있을까요?

✹ 주변 사람에게 관심을 가지세요

배려라는 것은 내가 기분이 좋을 때만 골라서 돕는 것이 아니에요. 상대방이 도움을 필요로 할 때 돕는 것이 진정 그 사람을 위한 배려랍니다. 그러기 위해서는 평소에도 주변 사람들에게 관심을 가지고 있어야 해요.

'저 친구는 무거운 짐을 옮길 때 항상 힘들어하는 것 같아. 다음엔 책상을 옮길 때 꼭 도와주어야겠어.'

이런 마음으로 관심을 갖고 지켜본다면 상대방이 원하는 때에 먼저 나서서 배려를 실천할 수 있어요.

자, 지금 바로 주위를 둘러보세요. 누군가 나의 도움을 필요로 하지 않나요?

✿ 양보는 배려의 시작이에요

여러분이 가장 쉽게 할 수 있는 배려는 바로 '양보'예요. 우리는 모두 욕심이 있기 때문에 양보라는 것이 생각만큼 쉽지는 않아요. 맛있는 것을 더 많이 먹고 싶고, 예쁜 것을 가장 먼저 가지고 싶은 마음은 누구나 마찬가지일 거예요. 하지만 배려하는 마음으로 조금씩 양보하기 시작하면, 우리는 남이 기뻐하는 모습만으로도 행복할 수 있게 된답니다.

✿ 배려는 대가를 바라지 않아요

배려를 하는 이유는 무엇일까요? 생색을 내고 대가를 받으려고 남을 배려하는 걸까요?

"내가 널 이만큼 도와줬으니까 나중에 너도 날 이만큼 도와줘."

"내 배려가 고맙지? 그럼 떡볶이 좀 사 줘."

배려란 나로 인해 상대방이 편안해지거나 즐거워지고, 그로 인해

나 또한 행복해지는 것이에요. 배려하는 사람이 받는 사람만큼이나 설레고 기쁠 수 있어야 진정한 배려랍니다. 대가를 바라는 건 옳지 않아요.

✿ 모르는 사람도 배려하세요

아무래도 배려란 아는 사람에게 더 자주 실천할 수밖에 없어요. 늘 곁에 있는 사람을 아껴야 하는 건 당연하니까요. 그렇다고 해서 내게 소중한 사람에게만 배려를 하느라 다른 사람에게 피해를 주는 것은 옳은 일일까요?

친구의 자리를 맡아 놓느라 다른 사람에게 불편을 끼치거나, 동생의 몫까지 가져가는 바람에 다른 사람의 몫을 빼앗는 것은 곤란해요.

내가 알지 못하는 사람들도 배려할 줄 아는 넓은 마음의 소유자가 되도록 노력하는 일도 꼭 필요하답니다.

이렇게 적용해요!

하루에 한 가지씩 남을 배려하는 말이나 행동을 해 보세요. 그리고 매일 이곳에 〈배려 일기〉를 써 보세요. 배려하는 습관이 쑥쑥 길러질 거예요.

날짜:

내용:

날짜:

내용:

날짜:

내용:

날짜:

내용:

날짜:

내용:

독서하는 습관

다산 정약용은 실생활에 유용한 실학사상을 집대성한 한국 최대의 실학자이자 개혁가예요. 그는 시대의 문제점을 정확히 파악하고 그에 대한 개혁 방향을 제시해 나라를 부유하게 만들고자 했어요.

정약용은 세상에서 가장 좋은 것으로 '독서'를 꼽았습니다. 그는 독서에 대해 이렇게 말했지요.

"오직 독서, 이 한 가지가 큰 학자의 길을 곧게 하고 백성을 가르쳐 좋은 방향으로 이끌고 임금의 통치를 도울 수 있게 할 뿐만 아니라 짐승과 구별되는 인간다움을 만든다."

정약용은 어릴 때부터 독서광이었어요. 할머니는 독서를 열심히 하는 손자를 기특하게 여겼어요.

"약용아, 책을 읽는 것이 무척 쉬운 일이라고 생각하는 사람들이 있단다. 그 사람들은 그냥 눈으로만 책을 읽지. 하지만 독서만큼 어려운 것은 세상에 없단다. 제대로 이해하려면 많은 시간을 들여야 하고, 최선을 다해 집중해야 하기 때문이란다."

어린 정약용은 할머니의 말을 가슴에 새기며 집중해서 책을 읽었어요.

그러던 어느 날이었어요. 당대의 학자 이서구가 대궐에 가기 위해 강가를 지나가고 있었어요. 문득 길 건너편을 보니 책이 잔뜩 실린 말을 끌고 가는 소년의 모습이 눈에 띄었지요. 소년은 가던 길을 멈추고 나무 그늘로 향하는 중이었어요.

'그늘에서 땀을 식히려는 모양이군.'

이서구는 소년이 나무 아래 누워서 쉴 것이라 생각했어요. 하지만 소년은 앉자마자 책을 읽기 시작했어요.

'저 소년이 뭘 읽고 있는 거지?'

그 소년은 정약용이었어요. 할머니에게 책을 빌려 삼각산으로 가는 중이었지요.

　이서구는 왕의 부름을 받고 궁으로 향하는 중이었기 때문에 소년에게 말을 걸 시간이 없었어요. 결국 이서구는 궁금증을 풀지 못한 채 발길을 돌렸어요.

　열흘 뒤, 궁의 일을 마치고 돌아가던 이서구는 자신이 지나왔던 강가를 다시 건너게 되었어요.

　'아니, 저 아이는?'

　그때 이서구가 보았던 소년이 열흘 전과 똑같은 자리에 앉아 책을 읽고 있는 것이 아니겠어요? 이서구는 호기심이 일어 소년의 곁으로 다가갔어요. 어린 정약용은 책을 잔뜩 싣고 있는 말 옆에 앉아 독서 삼매경에 빠져 있었어요.

"이보시게."

누군가가 다가오는지도 몰랐던 정약용은 이서구가 말을 걸자 깜짝 놀라 고개를 들었어요.

"무슨 일이신지요?"

이서구는 정약용에게 자신을 소개했어요. 정약용은 그제야 공손히 인사를 올렸어요. 이서구는 궁금했던 것들을 질문하기 시작했어요.

"자네, 지금 무슨 책을 읽고 있던 건가?"

"《통감강목》을 읽고 있었습니다."

이서구는 자신의 귀를 의심했어요.

《통감강목》은 중국 송나라의 주희가 쓴 역사책으로, 59권까지 이어져 있어 읽기도 힘들고 이해하기도 어려운 책이었습니다. 이서구는 어른들도 읽기 겁내는 책을 한낱 소년이 읽는다는 것이 믿기지 않았습니다.

"내용이 이해가 되느냐?"

정약용의 손에는《통감강목》의 마지막 권이 들려 있었어요.

"쉽지는 않으나 이해하려 노력하고 있습니다."

"언제부터 읽기 시작했느냐?"

"열흘 전부터입니다."

이서구는 다시 한 번 놀랐어요. 열흘 전이라면 이서구가 강 건너편에서 정약용을 처음 보았던 그날이었기 때문이에요. 고작 열흘밖에 되지 않는 짧은 시간 동안 59권을 다 읽었다는 사실이 놀라웠지요.

어린 정약용의 말이 믿어지지 않았던 이서구는 사실을 확인하기로 마음먹었어요. 그는 말 등에 묶여 있던 책에서 임의로 한 권을 골라 그 내용을 물었어요. 정약용은 이서구가 묻는 말에 빠짐없이 대답했어요.

이서구는 감탄하지 않을 수 없었어요. 정약용은 책의 내용을 정확히 이해하고 있을 뿐만 아니라 글자 하나조차 틀리지 않고 줄줄 외웠기 때문이에요. 이서구는 정약용이 훗날 조선의 대학자가 될 것이라 예언했습니다.

이서구의 예언대로 학자가 되어 이름을 드높인 정약용은 죽을 때까지 자신의 독서 습관을 고수했어요. 그리고 방대한 양의 독서를 토대로 나라를 올바르게 개혁하기를 바라는 내용이 담긴 책을 500권 이상 집필해 후대에 큰 영향을 끼쳤습니다.

위인의 습관 따라잡기

"세상의 중심에 서는 힘은 독서에 있다."

영국인이 가장 존경하는 인물로 꼽히는 윈스턴 처칠이 한 말이에요.

어린 시절, 문장을 몇 번씩 반복해서 외우지 않으면 이해를 하지 못할 만큼 지능 발달이 늦었던 윈스턴 처칠을 구해 준 것은 그의 독서 습관이었어요.

그는 한 권의 책도 여러 번 반복해 읽으며 암기했어요. 좋은 단어와 문장을 외우니 생각하고 표현하는 힘이 길러졌어요. 더불어 세상을 긍정적으로 바라보게 되어 자신감도 찾을 수 있었지요. 결국 윈스턴 처칠은 독서의 힘으로 영국 수상의 자리에까지 오르게 된 것이랍니다.

정약용과 윈스턴 처칠이 그랬던 것처럼, 많은 존경을 받는 사람들 곁에는 언제나 책이라는 동반자가 있었어요. 책은 그들의 지적 능력과 사고하는 능력을 높여 주는 아주 좋은 친구랍니다.

평소에 독서를 많이 한 사람들은 자신의 경험뿐만 아니라 책에서 얻은 여러 가지 정보나 상식 등을 자신의 것으로 만들어 활용할 수 있어요. 또한 글의 내용을 분석하는 능력이 개발되고, 그 과정을 통해 사고력이 향상된답니다.

어린이 여러분도 독서의 중요성을 잘 알고 있지요? 하지만 머리로만 알 뿐 정작 독서를 실천하는 사람은 생각보다 많지 않아요.

"책 읽을 시간이 없어요."

"독서보다 더 중요한 것도 많지 않나요?"

많은 사람이 이처럼 시간과 의지를 핑계로 독서를 외면하곤 해요. 하지만 자신만의 독서 습관을 세우고 현실에서 실천한다면 나의 삶을 풍요롭게 만들어 줄 위대한 습관으로 정착시킬 수 있답니다. 다음 세 가지를 기억하며 책을 읽어 보세요.

✿ 도서관을 자주 방문해 책과 친해지세요

어린이 여러분에게는 장난감이 아주 많지요? 컴퓨터, 텔레비전, 만화책 등 다양한 매체가 여러분에게 지루할 틈을 주지 않을 거예요. 독서하는 습관을 들이려면 컴퓨터나 텔레비전처럼 책과 친해지는 것이 우선이에요. 수많은 책과 친해지기 가장 쉬운 곳은 도서관이지요.

도서관에는 백과사전부터 그림책에 이르기까지 다양한 종류의 책이 잘 정리되어 있어요. 도서관을 찾아 여러분이 원하는 책을 마음껏 골라 읽고, 책과 좀 더 친해지는 기회를 만들면 어떨까요?

✿ 책을 읽으며 질문해 보세요

책을 읽을 때는 항상 질문을 해야 해요. 질문 없이 책을 읽으면 작가의 생각을 그대로 따라가는 경우가 생기니까요. 하지만 작가도 우리와 똑같은 사람이기 때문에 늘 옳다고 볼 수는 없어요. 그래서 우리는 독서를 하면서 나 자신에게 끊임없이 질문을 던져야 해요.

'난 작가와 생각이 다른데 무엇 때문에 이렇게 쓴 걸까?'

이렇게 질문을 던지며 답을 찾다 보면 어느새 논리가 확장되는 것을 느낄 수 있을 거예요.

✿ 책의 내용을 제대로 이해하기 위해 노력하세요

독서광으로 유명한 세종 대왕은 책의 줄거리나 내용을 달달 외울 필요가 없다고 했어요. 중요한 것은 무엇을 읽느냐가 아니라 읽은 내용을 제대로 이해하는 것이라 생각했기 때문이에요. 더불어 독서의 목표는 읽은 내용을 이해하고 실천에 옮기는 것이라 믿었지요.

그렇기에 독서를 한 뒤에는 그 책을 읽은 다른 사람과 의견을 나누면서 생각을 비교해 보는 것도 필요하답니다. 이 과정을 통해 책의 내용을 완전히 내 것으로 만들 수 있어요.

목표를 세우면 실천하기가 훨씬 쉽답니다. 일주일에 한 권, 혹은 한 달에 다섯 권 등 나만의 독서 계획을 세우고 실천해 보세요. 책을 한 권 읽을 때마다 아래의 빈칸에 스티커를 붙이거나 색을 칠하며 포도송이를 완성하는 것을 첫 번째 목표로 삼아 보면 어떨까요?

관찰하는 습관

안토니오 가우디는 스페인을 대표하는 건축가예요. 그는 20세기 최고의 건축가로 꼽히며 스페인의 바르셀로나를 중심으로 독특한 건축물을 많이 남겼어요. 지금도 해마다 수백만 명이 넘는 관광객이 세계 각국에서 가우디의 건축물을 보기 위해 바르셀로나로 모여들고 있어요.

가우디는 우리 주변에서 쉽게 볼 수 있는 소나무, 떡갈나무 등의 나무와 덩굴 식물, 마른 돌멩이 등을 이용해 건물을 지었어요. 또한 대부분의 작품이 자연에서 영감을 얻은 곡선으로 이루어져 있지요. 이런 이유로 사람들은 가우디를 일컬어 '자연을 담은 건축가'라고 불렀어요.

가우디는 자연에 대해 이렇게 말했어요.

"자연은 신이 만든 건축이며, 인간의 건축은 그것을 배워야 한다."

가우디는 언제부터 이런 생각을 했을까요? 그의 자연 사랑은 자연을 세밀하게 관찰했던 어릴 적 습관에서 출발했습니다.

어릴 때부터 몸이 약했던 가우디는 먼 길을 걸을 수 없었어요. 가우디가 입학할 나이가 되자 아버지는 그를 나귀 등에 태워 학교까지 데려다 주었지요.

가우디가 살던 곳은 작은 시골 마을이었어요. 그는 매일 나귀 위에 앉아 학교를 오가며 마을의 구석구석을 둘러보았어요.

가우디의 눈에 보이는 세상은 참으로 아름다웠습니다. 넓은 평야가 펼쳐져 있었고 다양한 나무들이 심겨 있었어요. 강은 들판을 가로지르며 평화롭게 흘렀고 그 주변에는 색색의 화려한 꽃들이 피어났어요. 그는 자연과 함께하는 시간 덕분에 아픔을 이겨 낼 수 있었답니다.

어느 날, 가우디는 동물과 곤충의 행동을 유심히 관찰하기로 했어요. 가장 먼저 새를 지켜보았어요. 새들은 지푸라기나 나뭇잎을 물고

열심히 나뭇가지 위로 올라갔어요. 가우디는 새가 무엇을 하고 있는
지 궁금해 더 가까이 다가갔습니다. 새들은 지푸라기를 이리저리 엮
어 둥지를 만들고 있었어요.

보금자리를 만드는 것은 새뿐만이 아니었어요. 그 옆에서는 거미
가 꽁무니에서 흰 실을 뽑아내 거미줄을 만들고 있었지요. 가우디는
생물들이 직접 자신의 집을 만드는 모습이 무척 신기했습니다.

그는 더 많은 것을 관찰하기 위해 숲 속으로 들어
갔어요. 숲에는 등에 예쁜 무늬가 있는 무당벌레와
화려한 날개를 지닌 나비, 부지런히 줄을 지어 걷는
개미가 있었어요. 이 모든 것이 가우디에게는 신비한

관찰 대상이자 재미있는 친구였어요.

가우디는 시원한 바람이 부는 들판에 누워 생각했어요.

'숲에는 배울 것이 너무 많아. 내게는 자연이 최고의 학교야.'

그러던 어느 날, 수업 시간에 선생님이 아이들에게 물었어요.

"새들은 날개로 무엇을 할까요?"

학생들은 입을 모아 대답했어요.

"하늘을 날아다녀요!"

선생님은 고개를 끄덕였어요.

"맞아요, 여러분. 사람은 걷기 위해 다리를 쓰고, 새는 날기 위해 날개를 쓰지요."

그때였어요. 늘 조용하던 가우디가 수줍게 손을 들었어요.

"그런데, 선생님!"

선생님과 아이들 모두 가우디를 쳐다보았어요. 가우디는 말을 이었어요.

"닭은 날개가 있는데도 날 수 없어요."

선생님은 가우디의 세심한 관찰력에 놀라며 물었어요.

"여러분, 가우디의 말이 맞아요. 닭은 원래 날 수 있었지만 사람에게 사육되면서 날아다닐 필요가 없어졌지요. 그래서 날개가 점점 퇴화되었고 이제 하늘을 나는 기능은 사라졌어요. 그럼 지금의 닭은 날개로 무엇을 할까요?"

그러자 가우디는 자신 있게 대답했어요.

"닭은 빨리 달릴 때 날개로 중심을 잡는 것 같아요."

"닭의 날개가 하는 일까지 알아내다니, 가우디는 관찰력이 정말 대단하구나."

선생님은 가우디를 칭찬했어요.

가우디는 그 후로도 모든 사물을 유심히 관찰했어요. 그러다 보니 다른 사람들이 미처 발견하지 못하는 것을 찾아내는 눈을 갖게 되었습니다.

가우디는 이러한 관찰 습관을 토대로 이제껏 아무도 시도하지 않았던 거북, 야자수, 덩굴 등을 건축물에 도입시켜 독창적인 작품을 만들어 낸 것이랍니다.

위인의 습관 따라잡기

"손이 그릴 수 없는 것은 눈이 볼 수 없는 것이다."

20세기 회화에 혁명을 일으켰다고 평가받는 프랑스의 화가 앙리 마티스는 이 말을 신조로 여겼어요.

그는 친구와 함께 파리의 거리에서 지나가는 사람들의 실루엣을 몇 초 안에 그리는 연습을 하곤 했습니다. 행인들의 몸짓과 자세에

나타나는 특징을 순간적으로 파악해야 했는데, 그러기 위해서는 엄청난 관찰력이 필요했지요.

처음에는 어려웠지만 관찰하는 습관이 이어질수록 앙리 마티스의 그림 실력은 나날이 발전했어요. 그는 눈이 있어 관찰만 할 수 있다면 세상 모든 것을 그릴 수 있다고 생각했지요.

'창의력은 관찰에서부터 시작된다.'는 말이 있어요. 그렇다면 관찰하는 능력은 안토니오 가우디나 앙리 마티스처럼 창의력이 뛰어난 사람에게만 특별하게 주어지는 것일까요?

주위를 둘러보면 우리 곁에도 같은 대상을 보고 다르게 해석하는 사람들이 있습니다. 그들은 사물을 정면으로 보기도 하고 옆에서 보기도 해요. 여러 방향에서 보기를 마치면 대상을 쪼개고 분석하여 섬세하게 관찰한 후 시간을 두고 지켜보는 거예요. 그런 과정 끝에 그들은 남들과 다른, 독창적인 해석을 내놓는답니다. 이것이 바로 관찰하는 습관을 지닌 사람들의 사고 과정이에요. 어때요, 그렇게 어렵지만은 않지요?

관찰력은 후천적으로 습득할 수 있는 능력이에요. 원래 집중력이 뛰어난 사람, 태어날 때부터 관찰한 것을 잘 그릴 수 있는 사람은 따로 있을 수 있지만, 대부분 눈이나 다른 감각 기관은 훈련에 의해 얼마든지 발전할 수 있답니다.

창조적인 사고를 위한 관찰력을 키우려면 관찰을 습관화하는 것이 중요해요. 다음 몇 가지 방법이 관찰하는 습관을 기를 수 있도록 도와줄 거예요.

✿ 호기심을 가지세요

관찰하는 습관을 갖기 위해 호기심만큼 중요한 것은 없어요. 호기심이란 신기한 것을 좋아하는 마음을 뜻해요. 누구든 신기하고 궁금한 것이 있으면 관심을 갖게 되고, 저절로 집중해서 관찰하게 된답니다. 관찰을 통해 궁금증을 해소할 많은 정보를 읽어 낼 수 있게 되지요.

"저 개미는 왜 모래알을 물고 갈까?"

"물고기도 사람처럼 눈을 감고 잠을 잘까?"

주위에 보이는 모든 것에 호기심을 갖고 적극적으로 해결하는 마음을 지니면 관찰력도 함께 길러질 거예요.

✿ 많이 보고 많이 배우세요

관찰력은 여러분의 시야가 얼마나 넓은지와 관련되어 있어요. "아는 만큼 보인다."라는 말이 있습니다. 아는 것이 적은 사람은 실천할 기회도, 도전할 용기도 적어요. 관찰력도 높을 수 없지요. 다양한 경험으로 관찰할 기회가 늘어나면 자연스럽게 습관이 될 거예요. 관찰이 습관이 되면 뛰어난 관찰력을 가질 수 있답니다.

✿ 고정 관념을 버리세요

틀에 박힌 생각을 가지고 있으면 어떤 것을 관찰해도 그저 똑같을 뿐이에요. 가우디가 독창적인 건축을 하기 전까지는 세상 그 누구도 거북이의 등껍질을 문의 손잡이 장식으로 사용할 생각을 하지 않았어요. 고정 관념에서 벗어나 아무도 시도하지 않은 것에 도전했기에 가우디는 역사에 기록될 작품을 탄생시킬 수 있었지요.

고정 관념에 사로잡혀 있으면 이제껏 없던 새로운 아이디어를 창출하기 어려워요. 관찰한다 해도 독창적인 생각으로 이어지지 않겠지요. 관찰력을 기르기 위해서는 안 된다는 생각을 버리고 자유롭게 상상해 보는 훈련이 필요해요.

이렇게 적용해요!

자신이 관찰한 것을 기록하는 것도 관찰하는 습관을 기르는 방법 중 하나랍니다. 다음 빈칸을 채우며 나만의 〈관찰 일지〉를 작성해 보세요.

교실에 있는 칠판을 관찰한 후 떠오르는 것을 기록해 보세요.

칠판의 특징을 묘사해 보세요. 크기나 재질, 쓰임 등 다양한 특징을 기록해 보세요.

이번에는 다른 방향으로 칠판을 관찰해 보세요. 남들이 생각하지 않은 독창적인 묘사를 기록해 보세요.

집중하는 습관

"우리가 관찰하는 우주의 모습은 우리가 서 있는 위치, 입장에 따라 달라진다. 우주는 늘 같은 모습으로 존재하지만 우리의 인식에는 한계가 있기 때문이다. 그런데도 우리는 항상 우리가 관찰한 모습이 정답이라고 주장한다."

상대성 이론을 세운 과학자 알베르트 아인슈타인의 말이에요. 그는 일반 상대성 이론, 특수 상대성 이론, 광양자설 등을 발표해 전 세계 사람들의 찬사를 받았어요. 그는 세상을 바라보는 사람들의 시선을 바꿔 놓았을 뿐만 아니라 철학, 천문학, 물리학, 미술 등 다양한 학문에도 많은 영향을 끼쳤습니다.

이 위대한 천재 과학자의 학창 시절은 과연 어땠을까요? 공부만 하는 모범생이었을 것 같지만 사실 아인슈타인은 어린 시절 문제아로 유명했어요. 언어, 지리, 역사 과목에서 낙제했고 대학 입학시험에서도 떨어졌지요.

그렇다면 아인슈타인의 어떤 습관이 그를 위대한 과학자로 성장시켰을까요?

어린 시절, 아인슈타인의 집은 항상 손님들로 북적거렸어요. 친구가 많았던 아인슈타인의 부모님은 집으로 사람을 초대해서 파티를 여는 것을 좋아했거든요.

"오랜만이군, 요즘 어떻게 지내?"

"어머, 이 쿠키는 어떻게 구운 거야? 너무 맛있는 걸."

집 안은 언제나 사람들의 이야기와 음악으로 가득했고, 시끄러운 것이 싫었던 어린 아인슈타인은 손님이 올 때면 방이나 거실 한쪽 구석에 틀어박혀 조용히 책을 읽곤 했어요. 그는 구석에 앉아 책을 펼치기 전, 자기 자신에게 이렇게 속삭였지요.

'자, 이 책을 펼치는 순간부터 내 귀에는 아무 소리도 들리지 않을 거야. 집중하면 모든 소리를 없앨 수 있어.'

　마음을 비우고 책을 펼친 뒤 한 글자씩 읽어 나가다 보면, 신기하게도 사방은 정말 고요해졌습니다. 어린 아인슈타인은 놀라운 집중력으로 책에 빠져들었고, 손님들이 큰 소리로 웃거나 어머니가 달그락거리며 설거지하는 소리도 전혀 듣지 못했어요. 들리는 것은 오직 책을 넘기는 소리와 자신의 숨소리뿐이었습니다.

　시끄러운 거실 구석에서 평온한 얼굴로 책을 읽는 아인슈타인을 신기하게 여긴 한 손님이 그에게 물었어요.

"얘야, 책을 읽기엔 너무 시끄럽지 않니?"

"전혀 시끄럽지 않아요. 집중하면 오직 글자만 보이는 걸요."

아인슈타인의 집중력은 날이 갈수록 더 단단해졌어요.

시간이 흘러 아인슈타인은 대학생이 되었어요. 어느 날, 기숙사에서 방을 함께 쓰는 룸메이트가 아인슈타인을 빤히 쳐다보았어요. 아인슈타인은 친구의 시선을 느끼고 그를 향해 고개를 돌렸어요.

"무슨 할 말 있어?"

"그냥 신기해서."

"뭐가?"

"옆방에서 저렇게 떠드는데 너는 어떻게 집중해서 공부할 수 있는 거지?"

아인슈타인은 미소를 지으며 대답했습니다.

"옆방에서 떠들고 있어? 하하, 나는 전혀 몰랐어. 어릴 때부터 손님이 북적이는 집에 살았기 때문에 소음에 익숙하거든. 책이라도 읽으려면 구석에 앉아 어떻게든 집중할 수밖에 없었어. 집중하는 습관이 몸에 배어 이제는 아무리 시끄러운 곳에 있어도 집중하는 것이 어렵지 않아."

아인슈타인은 학교생활을 성실하게 하는 학생은 아니었지만, 공부를 멀리한 것도 아니었어요. 특유의 집중하는 습관으로 물리학 대가들의 책을 집중적으로 독파했고, 그러한 지식을 바탕으로 이론을 세워 노벨 물리학 상을 받을 수 있었지요.

아인슈타인이 20세기를 통틀어 가장 유명하고 영향력 있는 과학자가 될 수 있었던 것은 어떤 상황에서도 하고 싶은 일, 해야 하는 일에 몰입할 수 있는 집중력 덕분이었답니다.

위인의 습관 따라잡기

공부를 잘하는 사람은 공부의 시작이 쉬워요. 그냥 앉아서 책을 펴고 공부를 하면 되기 때문이지요. 반면에 공부가 익숙하지 않은 사람은 시작조차 어렵습니다. 책상에 앉아 열심히 공부하기로 결심하고 각오를 다지는 데에도 오랜 시간이 걸리지요.

간신히 마음을 잡고 자리에 앉으면 문득 이런 생각이 들어요.

'오늘 텔레비전에서 재미있는 프로그램 하는데……'

그런 생각을 한번 하기 시작하면 결국 얼마 지나지 않아 텔레비전 앞으로 향합니다.

'이것만 본 다음에 공부해야지.'

재미있게 웃으며 프로그램을 보고 나면, 이번에는 어제 보았던 드라마의 다음 편이 방송돼요. 그러면 또 다시 텔레비전 앞을 떠나지 못해요.

결국 졸음이 몰려올 때까지 텔레비전을 보다가 잠자리에 들기 전에는 이렇게 다짐하듯 말하곤 하지요.

"내일은 반드시 열심히 공부해야겠다."

어떤가요? 혹시 여러분의 모습은 아닌가요?

공부를 잘하는 사람들의 공통적인 특징은 한번 빠져들면 몇 시간이나 집중한다는 거예요. 1분밖에 집중할 줄 모르는 사람은 1분 안에 해결할 수 있는 문제밖에 풀지 못해요.

다르게 말하면, 60분 동안 집중할 수 있는 사람은 그보다 60배나 난이도가 높은 문제를 해결할 수 있다는 뜻이지요. 그렇다면 10시간은 어떨까요? 600배 더 어려운 문제라도 풀 수 있을 거예요. 이것이 바로 집중하는 습관의 힘이랍니다.

조선 시대의 대표적인 학자이자 선비인 퇴계 이황도 집중하는 습관으로 유명했어요.

바람 한 점 불지 않는 무더운 여름 날, 밖에 나와 앉아 책을 읽고 있는 이황을 본 친구들이 말했어요.

"이보게, 시원한 그늘에서 읽지 않고 왜 나와서 책을 읽는가? 그러다가 더위라도 먹을까 봐 걱정이 되네."

책에서 눈을 떼고 있지 않던 이황은 그제야 친구들을 바라보았어요.

"나는 책이 너무 재미있어서 뼛속까지 시원한데 뭐가 그리 덥다고 하는지 모르겠군."

집중해서 독서를 하던 이황은 날씨가 더운 줄도 몰랐던 거예요.

자, 그렇다면 알베르트 아인슈타인과 퇴계 이황처럼 집중하는 습관을 가지려면 어떻게 해야 할까요? 함께 알아보도록 해요.

✹ 목표를 분명히 정하세요

집중하려면 무엇보다 '동기'가 중요해요. 집중해야 하는 이유를 찾으면 훨씬 효과적이니까요.

'현아는 반에서 5등 안에 들기 위해 공부한다고 했지? 그럼 나도 현아를 따라 해야지.'

이렇게 다른 사람을 따라서 계획을 세우고 집중하려고 하면 금세 지치고 시들해질 거예요. 나만의 목표가 없기 때문이지요.

여러분이 가장 하고 싶은 것, 여러분에게 가장 중요한 것을 찾은 후에 분명한 이유를 붙여 집중의 목표로 삼아 보세요. 이것이 집중하는 습관으로 향하는 첫걸음이랍니다.

✹ 집중에 방해되는 것을 정리하세요

책상 위가 깨끗하게 정리되어 있지 않으면 정서적으로 안정이 되지 않아요. 집중하기 위해서는 나의 시선을 끌고 주의를 분산시킬 만한 것들을 치우는 게 좋아요.

　요즘 많은 어린이가 휴대 전화를 가지고 있어요. 이 또한 집중을 방해하는 요소 중 하나예요. 휴대 전화가 켜져 있으면 누군가에게 연락이 오지 않을까 궁금해지고 나도 모르게 확인하고 싶어지니까요.

　여러분이 집중하기로 마음먹었다면 휴대 전화를 잠시 꺼 놓는 것이 어떨까요?

✿ 집중하는 시간을 체계적으로 관리하세요.

　매일 일정 시간을 정해 두고 집중해 보세요. 만약 여러분 중 주의가 산만한 친구가 있다면 단 5분만 집중해도 돼요. 처음에는 조금씩 하다가 점점 시간을 늘리는 것이 좋아요. 그러면 집중할 수 있는 시간도 점차 늘어날 수 있습니다.

　대부분 사람은 평균 60분이 지나면 주의가 산만해진다고 해요. 그러니 50분 정도 지나면 자리에서 일어나 가벼운 스트레칭으로 몸을 풀어 주고, 눈을 감은 채 잠시 휴식을 취하도록 하세요. 그러면 피로도 풀리고 집중력도 증가하게 될 거예요.

이렇게 적용해요!

열중해서 공부를 하다가도 자세가 불편하고 몸과 기분이 상쾌하지 않으면 어느새 정신력이 흐트러지게 됩니다.

우리의 머리를 지탱하고 있는 목에는 많은 근육과 신경이 모여 있어요. 목이 피로로 굳어 있으면 혈액이 뇌로 가는 데 어려움이 생기기 때문에 집중하기 힘들고 멍해지기 마련이에요.

다음 그림을 보며 목을 풀어 주는 스트레칭을 해 보세요.

1 허리와 등을 곧게 펴고 정면을 본 상태에서 천천히 고개를 앞으로 숙였다가 들어 보세요.

2 양손을 모아 턱 아래에 대고 서서히 턱을 위로 밀어 올려 보세요. 고개는 자연스럽게 뒤로 젖혀지고 등은 쭉 펴질 거예요.

3

오른손으로 머리의 왼쪽을 잡고 천천히 오른쪽으로 구부려 보세요. 반대쪽도 손과 방향을 바꾸어 똑같이 반복하세요.

4

마지막으로 고개를 시계 방향으로 한바퀴 빙 돌려 보세요. 시계 반대 방향으로도 돌려 보세요.

어때요. 머리가 조금 맑아지지 않았나요?
자, 이제 다시 집중을 시작해 보세요!

거짓말하지 않는 습관

어린이 여러분, 1910년부터 35년에 걸친 일제 강점기 시대에 대해 배운 적 있나요? 지금 우리는 대한민국이라는 민주주의 국가에서 자유롭게 살고 있지만 당시 우리나라에는 자유라는 것이 존재하지 않았어요.

일본인 교사들은 칼을 차고 제복을 입은 채 수업을 진행했고, 우리말조차 마음대로 쓸 수 없게 했어요. 혹시라도 우리말이나 글을 쓰다가 들키면 감옥에 가거나 총살을 당할 수도 있었지요.

백범 김구는 이러한 상황에서 국가의 권리를 잃어 슬퍼하는 국민에게 국가를 돌려주고자 독립운동에 앞장선 영웅이에요. 그는 임시

정부를 세우고 젊은 애국 청년들로 하여금 일본에 대항할 수 있도록 지휘했지요.

이처럼 수많은 사람에게 존경받는 지도자였던 김구도 어릴 때는 못 말리는 개구쟁이였답니다. 언제나 동네를 누비며 크고 작은 사고를 치곤 했어요. 하지만 장난을 치는 와중에도 그가 절대 하지 않은 한 가지가 있어요. 바로 '거짓말'입니다.

어린 시절, 김구는 작은 마을에서 살았어요. 경제가 어려웠기 때문에 많은 사람이 먹고 싶은 것을 마음껏 먹고 살 수 없던 시기였지요.

그러던 어느 날, 김구가 살던 마을에 엿장수의 목소리가 울려 퍼졌어요.

"엿 사시오, 달고 맛있는 엿이 있소!"

엿이라는 말에 김구의 머릿속에는 달콤한 맛이 가득 차 저절로 침이 꿀꺽 넘어갔어요. 하지만 어린 김구에게는 엿을 살 만한 돈이 없었지요. 그때 엿장수 아저씨의 목소리가 다시 한 번 들렸어요.

"엿 사시오, 달콤한 엿! 집에 있는 쇠붙이, 못 쓰는 고물, 무엇이든 가지고 나와 엿과 바꾸어 드시오!"

김구는 엿장수의 목소리를 듣기 무섭게 엿과 바꾸어 먹을 수 있는

물건이 없는지 집 안을 뒤지기 시작했어요. 그러던 차에 김구의 눈에 띄는 것이 있었어요.

'옳지, 저것을 엿과 바꿔야겠다!'

김구는 그 물건을 들고 엿장수에게 달려갔어요.

"아저씨, 엿 주세요."

엿장수는 김구가 내미는 물건을 받아들며 물었어요.

"네 것이냐?"

그러자 김구는 고개를 저으며 답했어요.

"아니요, 아버지 숟가락이에요."

엿장수는 "허허" 웃으며 엿을 건넸어요.

엿은 김구가 생각했던 것보다 훨씬 더 달고 맛있었어요. 김구는 엿을 맛있게 먹으며 집으로 돌아왔어요.

그런데 집 대문 앞에 무서운 표정을 한 아버지가 서 있었어요. 김구는 다급히 입에 엿을 넣었지만, 이미 아버지에게 들킨 이후였어요. 아버지는 엄한 목소리로 말했어요.

"네가 무슨 돈이 나서 엿을 사 먹은 것이냐?"

김구는 고개를 푹 숙이고 아버지에게 솔직하게 털어놓았어요.

"쇠붙이와 엿을 바꿔 준다고 하기에 아버지의 숟가락을 가지고 나갔어요……."

아버지는 한동안 아무런 말도 하지 않고 아들을 쳐다만 보았어요. 그러더니 잠시 후 조용히 물었어요.

"엿이 그렇게 달고 맛있더냐?"

김구는 여전히 고개를 들지 못한 채 대답했어요.

"네……."

그러자 아버지는 "껄껄" 웃었어요.

"엿이 그렇게 먹고 싶으면 사 달라고 말하지 그랬느냐. 다음부터 절대 그리해서는 안 된다. 알겠니?"

혼이 날 줄 알았던 김구는 눈을 동그랗게 뜨고 미소 짓는 아버지를 쳐다보았어요.

"그럼 혼내지 않으시는 거예요?"

아버지는 아들의 머리를 쓰다듬으며 말했어요.

"얼마든지 거짓말을 하고 이 애비를 속일 수 있었을 텐데 정직하게 사실을 말했으니 이번만 용서해 주마."

아버지는 정직한 아들을 용서해 주었답니다. 김구는 이 일을 계기로 거짓말을 하지 않는 것이 얼마나 중요한지 알게 되었어요.

김구는 독립운동을 하면서도 사람들에게 이렇게 말하곤 했어요.

"얼굴이 잘생긴 것은 몸이 건강한 것만 못하고, 몸이 건강한 것은 마음이 바른 것만 못하다."

김구는 거짓말을 하지 않는 습관이 건강한 몸과 마음을 만든다는 사실을 늘 가슴 깊은 곳에 새기며 살았습니다.

위인의 습관 따라잡기

　　많은 사람이 날마다 크고 작은 거짓말을 하며 살아요. 어린이 여러분은 어떤가요? 거짓말을 해 본 적이 있나요?

　　사람들은 대개 자신의 잘못을 숨기기 위해 거짓말을 해요.

　　"아들, 어제 숙제하고 바로 잤니?"

　　어제 저녁에 숙제를 마친 후 게임을 두 시간이나 하다가 잠이 들었지만, 엄마에게는 이렇게 대답한 적이 있을 거예요.

　　"네, 바로 잤어요."

　　게임을 하느라 늦게 잤다고 솔직하게 말하면 엄마한테 혼날 것이 뻔하니까요.

　　자기 자신을 과시하거나 다른 이의 관심을 끌기 위해서 거짓말을 하는 경우도 있어요.

"어제 우리 아빠가 장난감을 두 개나 사 주셨어."

"겨우? 나는 아빠가 다섯 개 사 주셨어!"

거짓말은 사실과 다르게 꾸며 내는 말이에요. 남을 속이는 것이 나쁘다는 사실을 잘 알면서도 사람들은 종종 거짓말을 합니다.

거짓말은 나 자신을 위해서도 결코 좋지 않아요. 사람들은 거짓말을 한 후에 그것을 감추려고 더 큰 거짓말을 하게 돼요. 거짓말을 들키면 안 되니까요. 그렇게 거짓말은 점점 더 커지고, 결국에는 감당할 수 없는 크기가 된답니다. 이런 일이 반복되다 보면 나는 습관적인 '거짓말쟁이'가 되어 버리는 거예요.

백범 김구와 더불어 '독립운동의 위대한 지도자'라고 불리는 도산 안창호는 아들에게 이런 내용의 편지를 썼어요.

"아들아, 우리나라를 망친 원수가 누구냐? 거짓이다. 내 죽어도 다시는 거짓말을 하지 아니하리라. 좋은 사람됨에는 진실하고 깨끗한 것이 첫째임이라."

그는 사람들에게 농담으로라도 거짓말은 하지 말라고 당부했고, 심지어는 꿈에서라도 거짓말을 하면 잠에서 깨어나 반성해야 한다고 말했어요.

사람은 누구나 실수나 잘못을 저지르기 마련이에요. 의도하지 않은 상황을 만들어 곤란에 처하기도 하지요. 그럴 때마다 이런저런 핑계나 거짓말로 위기를 벗어나려 한다면 일은 걷잡을 수 없이 커져요.

정직이란 마음을 바르고 곧게 가짐으로써 말과 행동에 거짓과 꾸밈이 없는 것을 말합니다. 정직하게 행동해야만 사람들도 여러분을 믿을 수 있어요. 잘못을 솔직히 고백하는 순간에는 부끄럽고 힘들 수도 있지만, 지나고 나면 결국 여러분의 마음과 사람들 사이의 관계는 분명 더 좋아져 있을 거예요.

어린이 여러분, 잘못을 저질렀을 때 거짓말 대신 어린 시절 김구가 했던 것처럼 잘못을 인정하고 정직하게 행동하는 것이 어떨까요?

친구나 부모님, 선생님 등 주위 사람들에게 거짓말을 한 적이 있나요? 그렇다면 솔직하게 거짓을 고백하고 사과하는 편지를 써 보세요. 다시는 거짓말을 하지 않겠다고 다짐하는 마음을 담아 정성껏 쓰다 보면, 어느새 거짓말을 하지 않는 정직한 어린이가 되어 있을 거예요.

시간을 관리하는 습관

넬슨 만델라는 남아프리카 공화국 최초의 흑인 대통령이자 인권 운동가예요. 그는 흑인을 위한 인권 운동을 했다는 이유만으로 종신형을 받고 약 27년을 감옥에서 보내야 했어요. 하지만 1990년 석방된 뒤 '다인종 남아프리카' 건설을 위해 노력했으며, 1993년에는 그 공로를 인정받아 노벨 평화상을 받았어요. 이듬해에는 남아프리카 최초의 민주 선거에서 최초의 유색인 대통령으로 당선되어 1999년까지 재임했지요.

넬슨 만델라는 소외된 사람들을 위한 인권 운동가가 되기까지 많은 노력을 기울였어요. 특히 그는 자신의 시간을 엄격하게 관리하는 습관으로 자신을 훈련했답니다.

남아프리카 공화국은 영국의 식민지였어요. 영국 사람들은 평화롭게 살던 아프리카 사람들을 총과 칼로 무섭게 다스렸지요.

가난한 부족의 대표였던 만델라의 아버지는 만델라를 앞에 앉히고 이렇게 말했어요.

"우리 민족이 자유를 찾으려면 너희 같은 젊은이들이 똑똑해져야 한단다. 어떻게 하면 더 똑똑해질 수 있겠니?"

만델라는 아버지를 쳐다보며 말했어요.

"공부를 많이 하면 되지 않을까요?"

"그래, 공부도 열심히 하고 책도 많이 읽어야겠지. 하지만 그보다 더 중요한 것이 있단다."

"그게 뭔데요?"

"그 모든 일을 다 해낼 수 있도록 시간을 잘 관리하는 것이란다."

아버지는 아들인 만델라에게 시간을 관리하는 습관이 얼마나 중요한지 늘 강조했습니다.

아버지의 가르침을 받으며 무럭무럭 자라나 청년이 된 만델라는 변호사 사무실에서 일하면서 야간 대학에 들어가 법률 공부를 시작했어요.

만델라는 아버지의 가르침대로 계획을 잘 세워 시간을 관리했어요. 낮에는 변호사로서 열심히 일했고, 저녁에는 흑인을 괴롭히는 인종 격리 정책을 없애는 법에 관해 연구했지요.

만델라의 영향력이 차츰 커지자 영국 사람들은 그를 감옥에 가두었어요.

"넬슨 만델라에게 종신형을 내린다."

'종신형'이란 죽을 때까지 감옥에서 살아야 하는 큰 벌을 말해요. 만델라는 평생을 감옥에서 살아야 하는 신세가 되었지만 그래도 시간을 관리하던 습관만큼은 잊지 않았어요.

'감옥 안에서도 시간은 흐르고 있어. 이 시간을 낭비할 수는 없지.'

힘겨운 감옥살이가 이어지는 동안에도 만델라는 항상 시간을 아끼고 자신이 계획한 대로 생활했어요.

'아침 8시에는 운동을 하고 9시부터 책을 읽어야지. 점심 식사 후에는 책을 마저 읽고, 다 읽고 나면 한 번 더 반복해서 읽도록 하자.'

건강한 육체에서 건강한 정신이 나온다고 생각한 만델라는 체력을 유지하기 위해 감옥 안에서 운동하는 시간을 따로 만들었어요.

만델라는 하루의 시간만 계획하고 관리한 것이 아니었어요. 그는 교도관들의 눈을 피해 갇혀 있는 동료와 토론도 하고, 앞으로의 계획도 차근차근 세워 나갔어요.

물론 긴 세월을 갇힌 채로 살기란 결코 쉽지 않았어요. 자신을 기다릴 가족들이 보고 싶었고 교도관들의 괴롭힘도 감당하기 어려웠지요.

만델라는 좌절하고 고통스러울 때 기분을 전환하기 위해 감옥 안에서 작은 텃밭을 가꾸기로 했어요. 그는 텃밭을 가꾸는 시간을 계획표에 추가하고 시간이 되면 씨앗에 물을 주거나 흙을 갈아 주었어요. 어느덧 계절이 바뀌어 싹이 돋아나는 씨앗을 보며 그는 생각했어요.

'봄이 오면 새싹이 돋고, 여름에는 꽃이 피고, 가을이 되면 열매를 맺는 것처럼, 나의 시간을 효율적으로 관리하면 언젠간 나도 자유라는 열매를 맺게 될 거야.'

27년이나 감옥에 있으면서도 삶을 포기하지 않고 시간 관리를 철저히 하며 자신의 꿈을 키워 온 만델라는 1990년, 결국 자유를 맛볼 수 있었답니다.

감옥 안에서도 철저하게 시간을 관리하고 계획하는 습관 덕분에 만델라는 옥살이를 하면서도 많은 공부를 할 수 있었고, 흑인들의 고통에 대해 더 깊게 생각할 수 있었지요.

위인의 습관 따라잡기

"공부할 때 가장 중요한 것은 시간을 아끼는 것입니다."

이 말을 한 사람은 '조선에서 시간을 가장 아끼는 사람'이라는 별명을 가지고 있었어요. 바로 우리나라 과학사에서 최초로 조선의 나비를 연구한 나비 학자이자 교육자인 석주명이에요. 그는 넬슨 만델라만큼이나 시간을 아껴 쓰고 엄격하게 관리했어요.

석주명은 야외로 나비 채집을 다닐 때 주머니에 항상 땅콩을 넣고 다녔어요. 점심을 제대로 차려 먹으면 시간을 뺏기니 점심 대신 땅콩을 꺼내 끼니를 해결했던 거예요.

그뿐만 아니에요. 차를 기다리거나 사람을 기다리며 생기는 자투리 시간도 헛되이 보내지 않고, 길에 앉아 가방 위에 책을 올려놓고 공부를 했어요. 사람들이 지나가며 석주명을 이상한 눈으로 쳐다봐도 전혀 신경쓰지 않았어요. 그에게는 기다리는 시간이 너무 아까웠기 때문이에요.

석주명은 인간이 평생 동안 쓸 수 있는 시간은 한정되어 있으니 1분이라는 시간조차 알차게 사용해야 한다고 말하곤 했습니다.

"누구에게나 모든 일을 하고도 남을 만큼의 시간이 있지만, 사람들은 이 자투리 시간을 제대로 이용하지 못해서 그 일을 전부 해내지 못합니다. 이 시간을 알차게 사용해야 인생을 가치 있게 살 수 있습니다."

하루는 24시간이에요. 사람이라면 누구에게나 평등하게 주어지지요. 하지만 시간을 쓰는 방법은 사람마다 다릅니다. 어떤 사람은 하루의 절반을 잠을 자는 데 쓰는가 하면, 다른 사람은 운동을 하거나 공부를 하는 데 씁니다.

어린이 여러분에게도 시간은 똑같이 주어져요. 여러분은 과연 시간을 어떻게 보내고 있나요?

"학교에 갔다가 집에 와서 숙제하고 학원에 가요."

"친구들이랑 놀다가 집에 가서 저녁을 먹어요."

잠을 자고, 밥을 먹고, 학교나 학원에 가고, 숙제도 하려면 24시간이 짧기만 해요. 하지만 책을 읽고 음악을 듣는 등 여러분만을 위한 시간도 필요하지 않을까요? 바쁜 와중에도 여가 시간을 만들기 위해서는 넬슨 만델라처럼 계획을 잘 세워서 시간을 관리해야 해요.

그렇다면 시간을 잘 관리하기 위해서는 어떻게 해야 할까요?

✿ 올바른 시간 계획이 필요해요

많은 사람이 계획만 열심히 세우다가 정작 지키지 못하는 이유는 '욕심' 때문이에요. 시간을 잘 관리하고 싶은 욕심에 무리한 계획을 세우다 보니 제대로 실천할 수가 없게 되는 것이지요. 내가 해낼 수 있는 만큼의 적당한 계획을 세워야 제대로 지킬 수 있답니다.

계획을 세울 때는 지나치게 빠듯하지 않도록 조심하세요. 또, 이왕이면 하고 싶은 일을 계획해 보세요. 만약 지루하고 어려운 일이 있다면 하고 싶은 일과 번갈아 배치해 보세요. 더욱 즐거운 마음으로 계획을 지킬 수 있을 거예요.

✿ 아침 일찍 일어나세요

미국에는 "좋은 차를 탄 사람 순서대로 출근한다."라는 말이 있어요. 크게 성공한 사람일수록 부지런하다는 뜻이에요. 빌 게이츠와 고 정주영 현대그룹 회장은 새벽 3시에 일어나 해 뜨기를 기다렸어요.

사람마다 차이가 있지만 보통 잠자는 시간은 하루에 6~8시간이 적당합니다. 지나치게 많이 자면 오히려 피로가 풀리지 않을 수 있어요.

아침에 일찍 일어나 하루를 시작하는 사람은 늦게까지 잠을 자는 사람보다 더 많은 시간을 소유하게 됩니다. 그 시간에 더 많은 일을 할 수 있겠지요. 반면에 아침을 늦게 시작하는 사람은 늘 허둥지둥 서두르며 시간을 보내기 마련입니다.

날마다 늦잠을 자는 친구가 있다면 오늘부터는 좀 더 일찍 일어나기 위해 노력해 보면 어떨까요?

이렇게 적용해요!

여러분의 시간을 알차게 보낼 수 있는 계획표를 만들고 꾸준히 지키
도록 노력해 보세요.

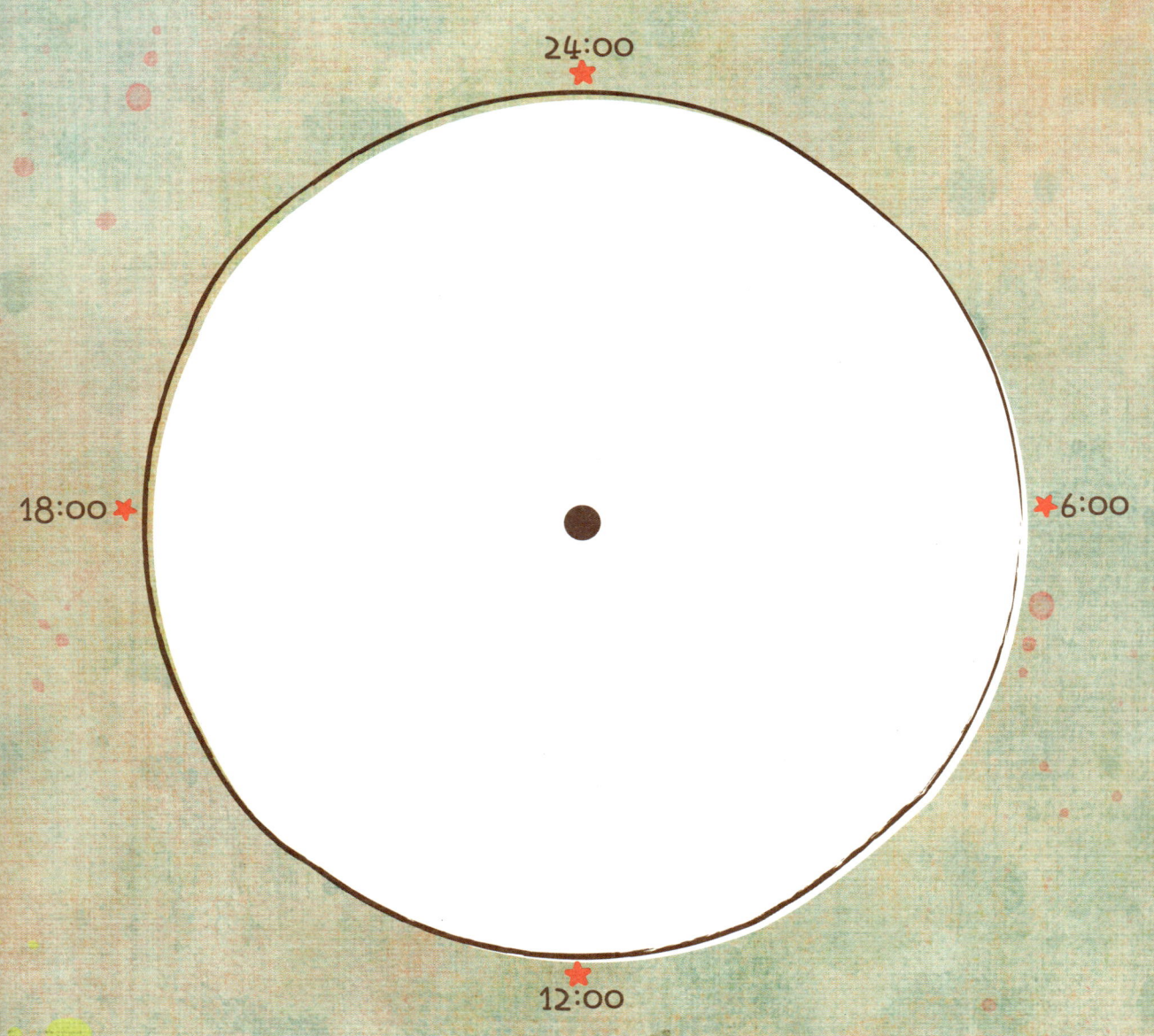

기부하는 습관

"세계에서 가장 영향력 있는 여성."

어린이들을 마법의 세계로 인도한 《해리 포터 시리즈》의 작가 조앤 롤링을 가리키는 말이에요.

《해리 포터 시리즈》는 67종의 언어로 번역되어 전 세계에 4억 권 이상 판매되었어요. 책에 이어 영화, 캐릭터 상품까지 포함해 300조 원 규모의 매출을 올린 조앤 롤링은 세계 억만장자 리스트에 올랐지요. 세계 억만장자들 중에 스스로 성공을 거두어 부자가 된 여성은 조앤 롤링을 포함해 겨우 11명밖에 없으니 그녀가 얼마나 성공한 작가인지 가늠할 수 있겠지요?

조앤 롤링은 다른 평범한 사람들처럼 공부를 했고, 괜찮은 회사에 취직해서 일을 하던 사람이었어요. 하지만 그녀의 마음속에는 늘 글을 쓰고 싶다는 생각이 가득했어요. 그래서 그녀는 가난한 생활 속에서 부지런히 도서관과 집을 오가며 글을 썼어요.

돈이 없어 아이의 분유도 사기 어려울 정도로 가난했던 조앤 롤링은 그렇게 쓴 《해리 포터 시리즈》의 성공으로 영국 여왕보다 돈이 더 많은 부자가 되었습니다.

많은 사람이 그녀를 부러워하며 이렇게 이야기했어요.

"이제 불행 끝, 행복 시작이군."

"평생 쓰고도 남을 만큼의 돈을 벌었으니 이제 실컷 놀고먹으며 보내도 되겠네."

하지만 정작 조앤 롤링은 이 돈을 어떻게 하면 가치 있게 쓸 수 있을지 고민했어요.

'돈이 많다고 결코 행복한 건 아니야. 이 돈을 어떻게 쓰는지가 더 중요해.'

그러던 와중에 그녀는 자신의 어머니를 떠올렸어요. 조앤 롤링의 어머니는 불치병을 앓다가 세상을 떠났어요. 어머니가 고통을 받는 순간에도 그녀는 가난했기에 병원비조차 낼 수 없었지요. 그 일만 떠올리면 조앤 롤링은 가슴이 아팠어요.

그녀는 자신과 같은 이유로 사랑하는 사람을 잃는 일은 없어져야 한다고 생각했습니다. 그래서 어머니와 같은 병을 앓고 있는 사람들을 위해 1,000만 파운드, 우리나라 돈으로 계산하면 185억 원이라는 어마어마한 돈을 기부했어요.

조앤 롤링은 그 일을 시작으로 사회 어두운 곳에 관심을 두기 시작했어요. 그녀는 먼저 아이들을 돕기로 마음먹었습니다.

'내 아이만 소중한 것이 아니야. 세상에서 소외당하는 모든 아이를 돕고 싶어.'

2005년, 그녀는 '칠드런 하이레벨 그룹'이라는 단체를 세웠어요. 이 단체는 유럽의 가난한 어린이의 삶을 개선하는 목적으로 만들어졌지요.

"가난하며 장애가 있는 100만 명의 어린이가 유럽에서 힘들게 살고 있습니다. 저는 이 단체를 통해서 아이들을 원래의 가정으로 돌려보내거나, 아이들을 잘 돌봐 줄 수 있는 대안 가정을 찾아 주고 싶습니다."

이 캠페인은 큰 성공을 거두어 지금도 매년 약 25만 명의 아동에게 도움을 주고 있어요.

기부는 돈으로만 할 수 있는 것이 아니에요. 조앤 롤링은 자신의 재능을 기부하기도 했답니다.

그녀는《해리 포터 시리즈》의 번외 편인《음유 시인 비들 이야기》를 출간하며 이렇게 선언했어요.

"이 책의 수익금을 전액 기부하겠습니다."

《음유 시인 비들 이야기》의 수익금 덕분에 수십만 명의 아동이 지

금까지 건강하고 행복한 삶을 살고 있습니다.

조앤 롤링은 스스로 꿈을 찾고 노력해서 그 꿈을 이루었어요. 그리고 꿈을 통해 얻은 이익을 이웃과 사회에 아낌없이 베풀면서 그들에게 새로운 꿈을 심어 주었답니다.

위인의 습관 따라잡기

"슬픔은 나누면 반이 되고 기쁨은 나누면 배가 된다."라는 말을 들어 본 적이 있나요? 조앤 롤링을 비롯해서 빌 게이츠, 스티브 잡스, 앤드류 카네기 등 세계 최고의 부자들이 이 말을 신조로 삼고 습관처럼 기부를 하고 있어요.

'기부'란 나보다 형편이 어려운 사람들에게 내가 가진 것을 대가 없이 나누어 주는 거예요. 기부를 많이 한다고 누군가 상을 주지는 않아요. 대신 눈에 보이지 않는 상을 받을 수 있어요. 바로 마음이 즐거워지는 상이랍니다. 이러한 기쁨은 한번 맛보면 쉽게 놓칠 수가 없어요.

전 세계 여러 나라에서 기부는 이미 하나의 문화로 정착되어 있어요. 그리고 우리나라에도 기부를 하나의 습관으로 여겼던 사람이 있어요. 제약 업체인 유한양행을 세운 유일한은 기부를 하면서 삶이 더욱 행복해졌다고 생각한 사람 중 한 명이었지요.

그는 유한양행을 경영하면서 세 가지 원칙을 세웠어요. 첫째는 기업을 키워 일자리를 만들고, 둘째는 정직하게 세금을 내며, 셋째는 기업을 통해 얻은 이익은 기업을 위해 일한 직원들과 기업을 키워 준 사회에 돌려주어야 한다는 것이었지요.

유일한은 그 원칙을 직접 실천해 보였어요. 유언장에 다음과 같은 말을 남긴 거예요.

"내가 가진 주식을 전부 한국 사회 및 교육 원조 신탁 기금에 기증한다."

그는 세상을 떠날 때

유언장
나의 소유 주식
14만 941주는
전부 '한국 사회
및 교육 원조 신탁
기금'에 기증한다.

에도 기부의 끈을 놓지 않았답니다.

한 조사에 따르면 한국 청소년의 기부 참여 비율은 세계 최하위권이라고 해요.

"기부는 부자만 하는 것 아닌가요?"

이러한 생각을 하고 있다면 그것은 잘못된 편견이에요. 많은 돈을 내는 것만이 기부가 아니기 때문이에요. 적은 돈이라도 기쁘게 나누는 마음이 더 중요해요. 기부는 돈을 가치 있게 쓸 수 있는 가장 좋은 방법이니까요.

기부를 습관처럼 하는 어린이들은 그렇지 않은 사람보다 마음과 태도가 여유롭고 안정적이며 타인을 배려한다는 연구 결과가 있어요. 정서적인 측면을 보아서라도 기부는 어린이들에게 꼭 필요한 경제 습관이랍니다.

"기부는 어떻게 해야 하나요?"

그런데 기부가 처음인 어린이는 어떤 방식으로 기부를 해야 할지 잘 모를 수 있어요. 그렇다면 기부는 어떻게 하는 것인지 함께 알아보도록 해요.

✿ 기부 주제를 정해요

우선 여러분이 관심 있는 기부 주제를 자유롭게 정해 보세요. 주제는 다양하답니다.

"난 아프리카의 어린이들을 돕고 싶어."

"나는 사냥으로 가족을 잃은 동물들을 위해 돈을 기부하고 싶어."

주제를 정했다면 여러분의 기부를 통해서 그들의 상황이 어떻게 변화될지 머릿속에 그려 보는 거예요.

"내가 이 돈을 아껴서 기부하면 아프리카 어린이들이 맛있는 밥을 먹을 수 있겠지?"

"내가 열심히 기부하면 동물들이 안전하게 자연에서 뛰어놀 수 있을 거야."

이처럼 나의 기부를 통해 변하게 될 세상을 떠올려 본다면 더욱 기쁜 마음으로 기부할 수 있게 된답니다.

✿ 친구와 함께 기부해요

무엇이든 혼자서 하면 어렵게 느껴질 수 있어요. 그렇다면 마음이 잘 맞는 친구와 함께 기부 계획을 세우는 것도 좋은 방법이에요.

"나는 한 달 용돈 중 5,000원은 기부하는 데 쓰려고 해. 네 생각은 어때?"

"난 고아원에 도서관을 짓는 기부 단체에 일주일에 2,000원씩 기부하려고."

이처럼 친구와 함께라면 더 오래 그리고 더 즐겁게 기부할 수 있게 됩니다. 그뿐만 아니라 돈을 직접 다루고 사용하는 활동을 하다 보면 저절로 경제에 대해 공부할 수 있어서 유익하지요.

✿ 재능을 기부할 수 있어요

기부는 단지 돈으로만 할 수 있는 것이 아니에요. 여러분이 가지고 있는 능력을 필요한 곳에 나누어 주는 것도 기부의 한 방식입니다.

가수는 자선 모금 콘서트에서 노래를 불러 재능을 기부하고, 디자이너는 옷을 만들어서 판매되는 수익금을 기부해요.

"하지만 난 잘하는 게 아무것도 없는데……."

이런 생각이 드나요? 특별한 능력을 가져야만 재능 기부를 할 수 있는 것은 아니랍니다. 여러분에게는 생각하는 것보다 훨씬 반짝반짝 빛나고 멋진 재능이 있어요.

요리를 잘하는 친구는 요리로 재능을 기부할 수 있어요. 손재주가 좋은 친구는 종이접기를 해서 고아원에 있는 아기들을 기쁘게 해 줄 수 있지요. 남의 이야기를 잘 들어주는 재능이 있다면 양로원에서 할머니의 말동무가 되어 드리는 것으로 기부할 수 있답니다.

어때요, 어렵지 않지요? 재능 기부는 이렇듯 자신이 잘하는 것으로 남을 행복하게 해 주는 뜻깊은 일이에요.

이렇게 적용해요!

　나와 같은 어린이들을 도울 수 있는 기부 기관을 소개합니다. 홈페이지를 통해 자세한 기부 방법을 안내받을 수 있어요. 나의 용돈을 아끼거나 부모님의 도움을 받아 한 생명을 살리는 귀한 경험을 해 보세요.

월드비전 : www.worldvision.or.kr

컴패션 : www.compassion.or.kr

유니세프 : www.unicef.or.kr

굿네이버스 : www.goodneighbors.kr

세이브더칠드런 : www.sc.or.kr

좋은 친구를 사귀는 습관

"내 마음을 늘 새로움과 경외심으로 가득 채우는 두 가지가 있다. 내 위에 있는 별이 빛나는 하늘과, 내 속에 있는 도덕 법칙이다."

비판 철학의 창시자라 불리는 임마누엘 칸트가 남긴 말이에요.

임마누엘 칸트는 독일의 대표적인 철학자예요. 독일은 물론 전 세계적으로 많은 사람의 존경을 받았고 후대의 철학자들에게도 큰 영향을 끼쳤습니다.

그는 평생 동안 고향에서 150킬로미터 이상 벗어난 적이 없었어요. 먼 거리를 여행하며 몸을 지치게 하거나, 공부하는 시간을 뺏기고 싶지 않았기 때문이에요. 대신에 늘 정해진 시간에 적당한 거리를 산책

하는 방법으로 건강을 관리했어요. 그가 어찌나 산책 시간을 잘 지켰는지 동네 주민은 산책하는 칸트만 봐도 지금이 몇 시인지 맞힐 수 있었답니다. 이렇듯 칸트는 자기 관리에 있어 보수적일 정도로 철저한 사람이었어요.

그런데 이런 칸트도 제한을 두지 않는 것이 있었어요.

'좋은 친구를 사귐에 있어서 울타리는 필요 없다.'

칸트는 친구를 사귀는 것에 있어서만큼은 나이, 직업, 학벌이 아무런 상관없다고 생각했어요. 좋은 친구란 자신에게 가르침을 줄 수 있는 정직한 사람이라고 생각했기에 그 밖의 조건은 보지 않았던 거예요. 칸트는 좋은 친구를 사귀는 습관 덕분에 자신의 철학을 완성할 수 있었다고 믿었어요.

젊은 시절, 칸트는 대학에서 강의를 했어요. 수업이 끝나자 한 학생이 물었어요.

"교수님, 오늘도 가시는 거예요?"

칸트는 고개를 끄덕였어요. 그는 수업이 끝나면 언제나 커피숍이나 서점으로 향했어요.

"칸트, 왔나?"

그곳에는 칸트를 반기는 사람들로 가득했어요. 칸트는 커피숍과 서점 등지에서 사람들과 이야기 나누는 것을 무척 좋아했지요.

그러던 어느 날이었어요. 그날도 어김없이 칸트는 친구들과 즐겁게 대화를 나누고 있었어요. 햇살 좋은 오후, 칸트의 주변에는 웃음이 끊이지 않았어요. 대화를 이어가던 중 한 친구가 칸트에게 물었어요.

"궁금한 게 있는데 물어도 되겠나?"

"얼마든지."

"자네는 유명한 철학자잖아. 그런데 어째서 우리 같은 보통 사람들

과 매일 잡담을 나누는 거지?"

칸트는 대답하는 대신 질문한 친구에게 이렇게 물었어요.

"철학자에게 가장 해로운 일이 무엇인 줄 아는가?"

"글쎄, 그게 뭐지?"

칸트는 빙긋 웃으며 대답했어요.

"그건 바로 혼자서 식사하는 것이라네."

친구는 칸트의 말을 한 번에 이해하지 못했어요.

"흠……. 그게 무슨 뜻이지?"

칸트는 상냥한 목소리로 설명했어요.

"다른 사람과 교류하지 않는 사람이 철학에 대해서 얼마나 깊이 이해할 수 있겠나? 자네들과 만나서 대화하는 덕분에 나는 철학과 인간에 대해 더 잘 알게 되었다네."

친구들은 그제야 고개를 끄덕였어요. 칸트는 죽을 때까지도 친구들과 대화의 끈을 놓지 않았습니다.

칸트는 책을 읽고 연구를 하는 것 못지않게 좋은 친구를 사귀는 것이 중요하다고 여겼어요. 그리고 그것이 자신에게 꼭 필요한 일이라고 믿었어요. 그의 믿음은 틀리지 않았습니다. 결국 칸트는 좋은 친구들과의 만남 속에서 영감과 에너지를 얻어 훌륭한 철학적 업적을 남길 수 있었으니까요.

친한 친구가 있는 사람은 그렇지 않은 사람보다 행복 지수가 높다고 해요. 그만큼 친구는 우리들의 행복에 큰 영향을 미치고 있다는 사실을 알 수 있어요. 힘든 일이 있을 때 나를 진정으로 걱정하고 아껴 주는 친구가 한 명이라도 있다면 훨씬 든든하고 큰 위안이 된답니다.

칸트가 평생 대화를 나눌 좋은 친구들을 곁에 두었던 것처럼,《북학의》를 쓴 조선의 대표적인 지식인 박제가에게는 이덕무라는 친구가 있었어요.

박제가와 이덕무는 서로 생각과 성격이 많이 달랐어요. 이덕무는 다방면에 걸친 방대한 독서와 집필을 통해 고증학적인 면을 추구했던 학자였고, 박제가는 청나라를 통해서 발전된 문물을 들여오자고 주장한 실학파 학자였어요. 하지만 그럼에도 두 사람은 둘도 없이 각별한 친구 사이였답니다. 그들은 이렇게 말하곤 했지요.

"차마 말하고 싶지 않은 것조차 저절로 말하게 되는 것이 진정한 친구 관계이다."

용기 있고 비판적인 성격의 박제가와 차분하고 온순한 성품의 이덕무는 서로의 다른 점을 인정하고 부족한 면을 채워 주며 죽을 때까지 좋은 친구로 남았어요.

어른들에게 친구가 중요한 만큼 어린이 여러분에게도 좋은 친구를 사귀는 것은 아주 중요해요. 어린 시절의 친구란, 함께 기뻐하고 고민하며 성장하는 아주 소중한 존재이기 때문이에요.

여러분은 어떤가요? 여러분의 곁에는 좋은 친구가 있나요?

대부분 어린이는 좋은 친구가 생기길 기다리기만 하지요. 하지만 좋은 친구란 시간이 되면 도착하는 버스가 아니랍니다. 내가 먼저 상대방에게 좋은 친구가 되지 않으면 나 역시 좋은 친구를 사귈 수 없어요.

좋은 친구가 되기 위해서, 좋은 친구를 사귀기 위해서는 어떤 노력을 기울여야 할까요?

🌸 용기를 내서 먼저 다가가세요

먼저 다가가는 것은 누구에게나 쉽지 않은 일이에요.

"친하지도 않은데 어떻게 말을 걸어요?"

"내가 먼저 말을 걸었는데 그 친구가 대답하지 않고 무시할까 봐 겁이 나요."

이런 마음이 들어서겠지요?

그래서 우리는 나도 모르는 사이에 먼저 다가가기보다는 누군가가 나에게 다가오기만을 기다리게 돼요. 하지만 그렇게 따지면 상대방도 겁이 나는 건 마찬가지일 거예요.

여러분이 먼저 용기를 내어 친구에게 다가가 보면 어떨까요? 마음에 꼭 드는 친구가 있다면 이렇게 말을 걸어 보세요.

"안녕, 난 이지연이라고 해. 만나서 반가워."

분명 그 친구도 웃으면서 인사해 줄 거예요.

✿ 친구와 나는 다른 사람이라는 걸 인정하세요

친구와 함께 거울을 보세요. 친구와 나는 어떻게 생겼나요? 똑같이 생겼나요?

친구와 나는 얼굴이 다르게 생겼어요. 부모님도 다르고, 태어난 곳도 다르고, 사는 곳도 달라요. 심지어는 생각하는 것도, 좋아하는 것도, 말하는 방식도 다르답니다. 친구와 나는 이토록 다른 사람이에요.

그래서 간혹 나와 다른 친구의 말투나 행동 때문에 화가 나고 서운하기도 해요.

"어떻게 나한테 그렇게 말할 수가 있니?"

"넌 친구라면서 왜 그렇게 행동해?"

이런 마음으로 친구와 다투어 본 경험이 있을 거예요. 하지만 나와 다르다는 이유만으로 친구를 밀어내는 건 어리석은 일이에요. 그런 태도로는 누구와도 친구가 될 수 없어요.

친구와 나의 차이점을 인정하고 이해한다면 친구의 장점이 더 크게 보일 거예요. 단점을 덮어 주고 장점을 칭찬해 주는 말은 우정을 더욱 돈독하게 해 준답니다.

✿ 친구의 비밀을 지켜 주세요

우리가 친구에게 가장 자주 쓰는 말 중에 이런 것이 있어요.

"이건 다른 사람한테는 절대 말하면 안 돼, 비밀이야!"

우리는 친구를 믿기 때문에 가슴속에 있는 깊은 이야기까지 털어 놓곤 해요. 그러고는 남에게 말하지 말라고, 우리끼리만 알고 있자고 부탁하고 약속하지요.

그런데 이렇게 신신당부해도 누군가는 이 비밀 이야기를 다른 사람에게 하곤 합니다. 친구의 비밀을 지켜 주지 않고 오히려 뒤에서 흉을 보는 일은 곧 자신에게도 흉이 된다는 것을 모르는 사람이기 때문이에요.

친구가 비밀이라고 말한 것은 반드시 지켜 주어야 해요. 우정을 단단히 하는 것은 이처럼 친구와의 작은 약속을 지키는 것으로부터 시작된답니다.

마음을 나누고 우정을 키우는 데 편지만큼 좋은 것이 없답니다. 소중한 친구에게 사랑과 진심을 담은 편지를 써 보세요. 어느덧 좋은 친구가 내 주위에 가득한 것을 느낄 수 있을 거예요.

겸손하게 행동하는 습관

단원 김홍도는 우리나라를 대표하는 18세기의 화가예요. 그는 화려한 궁중의 모습뿐만 아니라 다양한 서민의 모습을 관찰하고 그들의 일상을 특유의 익살과 해학을 담아 그림으로 표현했어요.

김홍도는 어릴 때부터 그림 솜씨가 뛰어나 천재 화가로 통했어요. 조선 시대에는 궁 안에 그림을 그리는 '도화서'라는 기관이 있었어요. 김홍도는 열여덟 살이라는 어린 나이에 도화서에 들어갔어요. 당시 스무 살도 되기 전에 도화서의 화원이 된다는 것은 거의 기적 같은 일이었지요.

그는 마치 사진을 찍는 것처럼 모든 순간과 사물을 그림으로 그려

내는 재주가 있었어요. 왕도 이 점을 높이 사서 궁 안에 잔치가 있을 때마다 김홍도를 불러 다양한 풍경을 그리게 했어요.

"김홍도의 그림은 생동감이 있어."

"역시 천재 화가야!"

함께 일하는 화원들도 그의 실력에 감탄하며 칭찬을 아끼지 않았어요.

그림도 잘 그렸고 인물도 좋았던 김홍도에게는 부족한 점이 딱 하나 있었어요. 자신의 재능에 우쭐해 겸손하지 않았다는 점이지요.

김홍도가 스물아홉 살이 되던 해였어요.

"왕의 초상화를 그릴 사람을 뽑겠다."

도화서의 화원이라면 누구든 왕의 초상화를 그리고 싶어 했어요. 왕의 초상화는 길이길이 남아 후대에 이름이 널리 알려질 수 있기 때문에, 왕의 초상화를 그리는 것은 화원들에게는 최고의 꿈이었습니다. 김홍도 역시 왕의 초상화를 그릴 수 있는 화원 후보 중 한 명이었어요.

며칠 뒤, 초상화를 그리는 자리가 마련되었어요. 김홍도는 다른 화원들과 함께 궁궐을 찾았어요. 감히 고개도 들 수 없는 자리였지만

왕은 부드러운 목소리로 말했어요.

"고개를 들고 편안한 마음으로 그림을 그리도록 하시오."

왕의 말을 신호로 화원들은 열심히 그림을 그리기 시작했어요. 다들 자신의 그림이 뽑히길 바라며 최선을 다했습니다.

시간이 흐른 뒤, 모든 화원이 왕의 초상화를 심사 위원들에게 제출했어요. 심사 위원들은 꼼꼼하게 그림을 살펴보았어요.

'보나 마나 가장 잘 그리는 내가 뽑히겠지?'

김홍도는 속으로 우쭐했어요. 얼마 후, 심사가 모두 끝나고 결과가 발표되었어요.

"이 그림으로 결정하겠소."

자신만만하던 김홍도는 발표된 그림을 보고 깜짝 놀랐어요. 자신의 그림이 아니었던 거예요.

'어째서 내가 떨어진 거지?'

김홍도는 이해할 수 없었어요. 자신의 그림은 마치 살아 있는 사람을 실제로 보는 것처럼 아주 세밀했기 때문이에요.

김홍도는 자존심이 상했지만 일단 뽑힌 그림을 살펴보기로 했어요. 그리고 그는 당선된 그림을 보자마자 자신이 왜 떨어졌는지 이유를 알 수 있었습니다.

'아! 이 그림에는 격조가 있구나. 나는 사실처럼 자세하게 그리는 것에만 치중해서 왕의 모습에는 기품이 넘쳐야 한다는 것을 잊고 있었어.'

김홍도처럼 세밀하고 섬세한 그림은 아니었지만, 왕의 모습에서 저절로 훌륭한 성품이 드러나는 그림이었지요.

김홍도는 그동안 천재 화가라는 호칭에 취해서 기고만장했던 것을

반성하고, 겸손한 자세로 임하는 것이 얼마나 중요한 일인지 깨닫게 되었습니다. 그는 그때부터 그림을 그릴 때뿐만 아니라 어떤 상황에서든 자신의 재능을 자랑하는 대신 스스로를 낮추고 겸손하게 행동하려 노력했습니다.

김홍도는 죽을 때까지 겸손하게 행동하는 습관을 버리지 않았어요. 덕분에 그는 가장 한국적인 그림을 그린 천재 화가로 지금까지 이름을 알릴 수 있었습니다.

위인의 습관 따라잡기

"벼는 익을수록 고개를 숙인다."는 속담을 들어 본 적이 있나요? 잘 익은 벼가 겸손하게 고개를 숙이는 것처럼, 성품이 바르고 깊은 사람일수록 겸손하다는 뜻을 지니고 있지요.

겸손이 미덕이라는 점은 모두가 아는 사실이에요. 그런데 실제로 겸손하게 행동하는 사람이 많지 않은 이유는 무엇일까요?

"나를 낮춰서 얘기하면 왠지 친구들이 무시할 것 같아요."

"내가 잘하는 걸 내 입으로 말하지 않으면 사람들이 알아주지 않을 거예요."

겸손한 사람은 자신을 낮추고 다른 사람을 높이기 때문에 때로는 별 볼 일 없게 비추어지기도 해요. 그러나 그것은 겉으로 드러나는 모습일 뿐입니다. 겸손한 이들의 내면은 그 누구보다 굳고 단단해요. 누구한테 자랑하지 않아도 능력이 충분히 있기 때문에 겸손하게 행동하는 것이 가능하지요.

아프리카에서 의료 봉사를 해 '밀림의 성자'로 유명한 알베르트 슈바이처 역시 언제나 겸손하게 행동하는 사람이었어요.

슈바이처는 아프리카에서 병원을 지을 때, 나무를 베고 운반하고 손질하는 모든 과정을 직접 했어요. 그러다가 혼자서는 그 많은 일을 감당하기 어려워지자 옆에 있던 한 청년에게 도움을 청했어요. 하지만 청년은 거만한 태도로 슈바이처의 부탁을 거부했습니다.

"저는 지식인이어서 그런 일은 할 수 없습니다. 이런 험한 일은 못 배운 사람들이나 하는 겁니다."

슈바이처는 청년의 말에 이렇게 답했어요.

"나도 자네처럼 젊었을 때는 그렇게 생각했다네. 그런데 웬만큼 배웠다 싶으니까 이젠 아무 일이나 다 할 수 있더군."

겸손이란 내 능력이 그보다 더한 일을 할 수 있어도 잘난 척하지 않고 낮은 자세로 임하는 것이라는 사실을 슈바이처는 알고 있었던 거예요.

성공한 사람들은 탁월한 성과에도 불구하고 남들 앞에서 화려하게

자신을 드러내는 일이 없었어요. 겸손함이야말로 그들을 성공으로 데려다 준 열쇠였던 거예요.

하지만 겸손이 그렇게 쉬운 것은 아니에요. 어린이 여러분, 겸손하게 행동하기 위해선 어떤 노력이 필요할까요? 다음의 몇 가지만 기억하세요.

✿ 겸손한 말을 사용하세요

조금 실력이 있는 사람들은 말투가 겸손하지 않아요. 그들은 자만하는 말투를 당당함이나 자신감으로 착각한답니다.

"내가 요즘 제일 잘나가니까."

"난 충분히 성공했어."

몇 번의 성공을 경험한 사람들은 이처럼 자기 자신이 최고라고 생각해요. 김홍도가 그랬던 것처럼 말이에요.

하지만 그런 사람들의 성공은 그리 오래가지 못합니다. 오히려 자기를 낮추는 겸손이 나를 장기적으로 성장시킬 수 있는 지름길이 될 거예요.

자만하거나 이기적인 표현 대신 다른 사람의 말에 귀를 기울이는 어린이가 되어 보세요. 겸손하게 행동하는 습관은 작은 말 한마디에 서부터 시작할 수 있답니다.

✿ 자신을 낮추고 상대방을 칭찬하세요

"칭찬은 큰 소리로 하고, 비난은 작은 소리로 하라."라는 러시아 격언이 있어요. 주변 사람의 흠을 잡아내는 것은 무척 쉬운 일이지만 우리가 늘 상대방을 비난하기만 하면 상대방은 어떤 기분이 들까요?

"저 사람은 나를 싫어하는 것 같아. 대화하고 싶지 않아."

"아주 작은 실수만 해도 비난하는 저 사람 앞에서는 말 꺼내기조차 싫어."

아마 이렇게 생각할 거예요. 여러분도 이런 반응을 불러일으키는 사람이 되고 싶지는 않겠지요? 칭찬에 인색한 사람이 되어서는 안 돼요. 칭찬은 인간관계를 더욱 돈독하게 해 주니까요.

다른 사람에게 자신을 뽐내기보다는 상대방을 인정하고 칭찬해 준다면 상대방도 기분이 좋아져서 나의 좋은 점을 인정해 줄 거예요.

주위를 한번 둘러보세요. 지금 옆에 있는 사람에게 마음을 담아 칭찬을 해 보면 어떨까요?

이렇게 적용해요!

전 세계적으로 겸손은 누구에게나 꼭 필요한 미덕으로 인식되고 있어요. 그렇기 때문에 겸손에 관한 명언이나 격언도 참 많지요. 다음 글을 함께 읽으며 겸손한 마음을 길러 보세요.

겸손에 관한 명언

겸손함은 반짝이는 빛이다. 겸손함은 정신이 지식을 받아들이고 마음이 진실을 받아들이도록 준비시킨다.

- 마담 귀조

겸손해져라. 그것은 다른 사람에게 가장 불쾌감을 주지 않는 종류의 자신감이다.

- 쥘 르나르

인생은 겸손에 대한 오랜 수업이다.

- 제임스 M. 배리

잘난 척하는 것은 스스로를 약으로 독살시키는 것이나 다름없다.

- 벤저민 프랭클린

신은 잘난 체하는 혀의 시끄러운 소리를 지극히 경멸하신다.

- 소포클레스

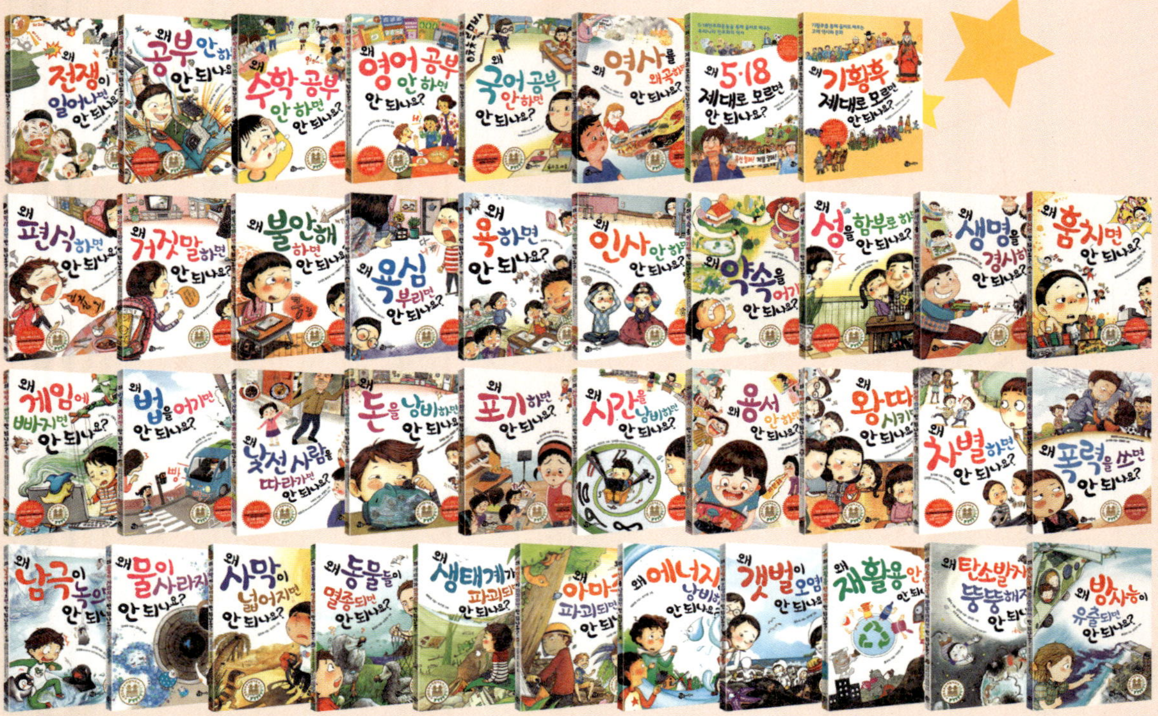

어린이를 위한 습관의 힘 시리즈

어린이를 위한 경제 습관의 힘 / 공부 습관의 힘 / 관찰의 힘 / 긍정의 힘 / 디테일의 힘 / 생각 정리의 힘 / 습관의 힘 / 독서 습관의 힘 / 성공한 사람들의 10살 습관

탤리캣과 마법의 수학 나라 시리즈

말뜻을 알면 개념이 쏙쏙 잡히는 시리즈

말뜻을 알면 개념이 쏙쏙 잡히는 국어 / 영어 / 수학 / 과학

세상을 바꾸는 멘토 시리즈

원칙의 문재인 / 노력의 반기문 / 꿈이 멘토 안철수

권당 12,000원 · 각 시리즈는 계속 출간됩니다